5

D0330232

Robert Bober

Quoi de neuf sur la guerre ?

Gallimard

Robert Bober est né le 17 novembre 1931. Il a été successivement tailleur, potier, éducateur et assistant de François
Truffaut. Réalisateur pour la télévision depuis 1967, il a
obtenu le Grand Prix SCAM 1991 pour l'ensemble de son
œuvre.

Quoi de neuf sur la guerre ? est son premier roman. Il a reçu
le prix du Livre Inter en 1994.

À la mémoire de mes parents

PREMIÈRE PARTIE

« Savez-vous quoi, Reb Scholem Alei'hem, nous voulons plutôt parler de quelque chose de gai : Quoi de neuf sur la guerre ? »

CHOLEM ALEICHEM
(Tévié le laitier).

« La guerre est finie, mais surtout ne le répétez pas. »

Franc-Tireur, le 8 mai 1945.

Abramowicz

Mon nom, c'est Abramowicz. Maurice Abramowicz. Ici, à l'atelier, on m'appelle Abramauschwitz. Au début parce que ça nous faisait rire. Maintenant, c'est plutôt par habitude. C'est Léon le presseur qui avait trouvé ça. Pas tout de suite, il n'avait pas osé. Parce que tout de même un ancien déporté, c'est d'abord un ancien déporté même si c'est un bon mécanicien.

Comme mécanicien je ne crains personne. Surtout en rapidité. Quand je me suis présenté ici en début de saison, on était deux pour la place. C'est-à-dire que d'autres sont venus aussi avec le journal sous le bras, mais on était déjà à la machine. L'autre, il était jeune et fort, et à sa manière de regarder le modèle j'ai vu tout de suite qu'il connaissait bien le métier. Pourtant, quand quarante minutes après je finissais de monter la deuxième manche, il commençait seulement à placer le col. Lorsque j'ai accroché le manteau terminé sur le mannequin, il a relevé la tête en souriant et m'a dit que s'il avait su tout de suite que j'étais un « greener »[1], il n'aurait même pas cherché à faire la course. Le patron lui a payé sa pièce et il est parti se chercher une autre place. Après, j'ai fait la connaissance avec l'atelier.

Il y a trois machines à coudre. Une pour moi, juste en face une autre pour Charles, un mécanicien qui connaît le patron depuis avant la guerre mais qui ne dit jamais un mot, et la troisième pour le patron, mais il ne s'en sert pas souvent. Il coud les doublures et les modèles. Parfois il fait encore un vêtement sur mesure mais son travail à lui c'est surtout la coupe.

Toutes les semaines, après avoir livré chez Wasserman, il étale le tissu sur sa table de coupe et place le patronage dessus le mieux possible pour économiser. C'est à ce moment qu'il chante des chansons qu'on n'entend pas à la radio. Il dit que c'est des chansons de music-hall et d'avant guerre. Sa femme, Mme Léa, quand elle chante c'est en yiddish. Mais tout ça c'est pas très important parce qu'en saison on fait tellement de bruit avec les machines qu'on n'entend pas chanter.

1. En yiddish : immigrant fraîchement débarqué. Aux USA on dit : « greenhorn » ; en France : « un bleu ».

Et puis elle est pas toujours là, Mme Léa, elle a deux enfants : Raphaël qui a treize ans et sa petite sœur Betty. C'est une famille complète.

Le samedi on vient aussi travailler parce qu'on court tous après le travail. Mais ce jour-là, l'après-midi, Mme Léa vient avec du thé dans des grands verres et du gâteau qu'elle a fait elle-même. Charles, qui ne dit jamais rien, dit merci et boit son thé brûlant à petites gorgées, et chaque fois avant de reprendre son travail il essuie lentement ses lunettes.

Mme Léa nous regarde Charles et moi comme des enfants. Quand on a fini on dirait qu'elle soupire un peu et puis elle ramène les verres à la cuisine.

Le travail qu'on sort avec Charles suffit pour occuper trois finisseuses. Ici, en France, j'ai remarqué que les finisseuses sont rarement juives. C'est-à-dire que des fois y'a une jeune qui est juive mais elle finit vite par se marier avec un mécanicien et ils deviennent patrons.

À l'atelier il y a une des finisseuses, Mme Paulette, qui est juive mais elle est vieille. Elle veut faire goy quand elle parle et dit qu'elle a l'accent alsacien.

Mais Léon, lui, m'a dit que son accent yiddish était presque aussi fort que le mien.

17

Les deux autres finisseuses s'appellent Jacqueline et Andrée. Andrée, on l'appelle Mme Andrée parce qu'elle a été mariée et qu'elle a divorcé. C'est peut-être pour ça qu'elle est triste. C'est pas qu'elle est vraiment triste, mais elle ne rit jamais.

C'est vrai aussi qu'en général quand on rit à l'atelier c'est parce qu'on a raconté une histoire en yiddish.

Ma mère me racontait qu'à Szydlowiec, en Pologne, sa mère à elle lui disait toujours :

« Le yiddish est la plus belle des langues !

— Et pourquoi ? lui demandait ma mère.

— Rayselé, lui répondait sa mère, c'est parce que dans le yiddish on comprend chaque mot. »

Mais Mme Andrée, elle, même quand on parle en français elle ne rit pas. Comme si elle ne comprenait pas chaque mot en français. On pourrait croire que c'est à cause de l'accent, mais Léon, le presseur, il est presque né en France et avec lui non plus elle ne rit pas. Quand il m'a appelé Abramauschwitz la première fois, on s'est arrrêté de travailler tellement on a ri. Mme Andrée, elle est devenue toute blanche. Si j'avais pas ri moi aussi, elle aurait sûrement dit quelque chose à Léon : qu'on plaisante pas avec des choses pareilles, que les non-Juifs plaisantent, eux, avec ça, bon d'accord, à la rigueur, mais pas ici, pas à l'atelier, pas les Juifs qui, eux, savent.

Un autre matin déjà, elle était arrivée toute blanche. Elle avait entendu un chansonnier, Jean Rigaux, dire une chose terrible à la radio sur les camps : « Que c'étaient pas des crématoires, mais des couveuses ! » Du coup, Léon aussi était devenu tout blanc. Personne n'avait rien dit dans l'atelier. Tout se passait dans la tête. Moi j'ai pensé : qu'il crève le chansonnier. M. Albert, le patron, n'a pas chanté de la journée et on n'a plus entendu que le bruit des machines et celui que fait la vapeur qui sort de la pattemouille de Léon quand il pose dessus son fer à gaz.

J'aime bien Mme Andrée, et quand elle devient toute blanche, ça me serre le cœur. On dirait qu'on voit au travers. Surtout elle qui est brune. Ça lui va mieux quand elle a les joues rouges, ce qui lui arrive souvent parce qu'elle rougit facilement.

Dans la famille on a toujours aimé les joues rouges. C'est un signe de bonne santé, disait ma mère. En Pologne, quand elle voyait passer sur le trottoir d'en face les filles polonaises elle enviait toujours leurs joues rouges sous leurs tresses blondes. Elle ne s'en consolait que par une malédiction.

Il y a quelques jours, Mme Andrée a encore eu les joues toutes rouges. Elle m'a demandé,

19

comme la morte-saison approchait, si je voulais bien lui faire un manteau pour l'hiver mais que, bien sûr, elle me paierait mon travail. Alors le soir, quand elle a eu fini de poser les doublures et qu'elle a retiré sa blouse bleue, je lui ai pris les mesures. Elle portait un corsage blanc en rayonne et une jupe noire toute droite et se tenait debout devant moi sans rien dire. Tour de poitrine : 94. Je me suis penché un peu. Tour de taille : 67. Je me suis baissé et j'ai passé le centimètre autour des hanches : 100. Un vrai « stockman »[1] taille 42.

J'ai mis les mesures dans le tiroir de ma machine et j'ai continué un peu mon travail tout en pensant à Mme Andrée. Peut-être qu'un jour, si je la vois rire quand elle entendra Léon m'appeler Abramauschwitz, je lui demanderai si elle veut bien s'établir à son compte avec moi.

1. Marque de mannequin très répandue chez les confectionneurs.

Première lettre de Raphaël

Manoir de D.

Chère Maman et cher Papa,

Je vous écris du château où nous sommes bien arrivés. Nous sommes très nombreux à la colonie de vacances et il n'y a pas assez de chambres pour tout le monde au château alors les plus grands de treize à quinze ans dont je fais partie dorment dans des grandes tentes qu'on appelle des marabouts. Betty dort au château dans une chambre ronde. Nous mangeons tous dans une grande salle du château et la nourriture est meilleure qu'à la pension de Clamart. Dans cette salle il y a un grand orgue mais on n'a pas le droit d'y toucher. On nous a dit que le château appartenait à des curés avant mais que pendant la guerre il avait été réquisitionné par les Allemands. Dans le château il y a aussi une salle pour les travaux manuels, c'est de cette salle que je vous écris. Le courrier est obligatoire une fois par semaine mais il y en a qui n'écrivent pas parce qu'ils disent qu'ils n'ont personne à qui écrire. À propos de Clamart, vous savez qui j'ai retrouvé à la colonie ? Raphaël Ier ! Vous vous souvenez, il était avec moi à la pension. Je vous avais raconté qu'on l'avait appelé Raphaël Ier parce que quand je suis arrivé à la pension ça faisait deux Raphaël. On s'est tout de suite installés l'un à côté de l'autre dans la tente parce qu'on se connaissait déjà. Maintenant, on connaît nos vrais noms. Quand j'ai raconté qu'à la pension j'avais passé le DEPP[1] sous le nom de Blondel et que ça m'avait fait perdre un an, on pleurait tous de rire. La grande sœur de Raphaël Ier est monitrice à la colonie. Les moniteurs sont très gentils et ils nous ont parlé de la Résistance le premier soir à la veillée qui s'est tenue dans le réfectoire. On nous a appris le chant des partisans soviétiques, je le connais presque par cœur et je vous le chanterai en revenant après la colonie.

Il y a un moniteur qui s'appelle Simon mais on l'appelle Lieutenant parce qu'il a été jusqu'à Berlin avec l'armée. On va tous avoir

1. Diplôme de l'enseignement primaire public (examen d'entrée en classe de sixième).

des surnoms d'après nos caractères ou d'après autre chose. Mon moniteur s'appelle Max et il veut être avocat plus tard. J'ai oublié de vous dire qu'on est divisés par groupes de quinze à peu près et que chaque groupe a pris un nom. Moi je fais partie du groupe Thomas Fogel. Thomas Fogel c'était un résistant qui a été fusillé à dix-sept ans. C'était un camarade des moniteurs qui sont avec nous. Les autres groupes de grands s'appellent Charles Wolmark, Léon Bursztyn et Marcel Rayman. Ils ont aussi été fusillés par les Allemands. Ici tout le monde se tutoie. On tutoie même la directrice de la colonie et on l'appelle par son prénom. Elle s'appelle Louba, c'est un prénom russe. Cet après-midi on va faire une partie de ballon prisonnier et après on va apprendre des danses folkloriques. Si tu m'envoies un colis, mets des choses qui se partagent parce qu'on met tous les colis ensemble et c'est plus facile à partager.

Je vous embrasse bien fort et je vais passer la plume à Betty qui va vous dire quelques mots.

Raphaël

Je vous embrasse bien fort.

Betty

Deuxième lettre de Raphaël

Manoir de D.

Chère Maman et cher Papa,

Ça fait deux semaines que nous sommes à la colonie et on s'amuse toujours autant. J'espère que vous allez bien aussi. On fait plein d'activités et on monte des petites pièces pour les veillées avec un moniteur qui fait du théâtre et qu'on appelle « Art Dra ». Ici, même éplucher les légumes c'est une activité. Chaque matin à tour de rôle, un groupe est chargé des pluches. On nous a expliqué que c'était pour soulager les cuisiniers qui sont des républicains espagnols qui se sont réfugiés en France après la guerre d'Espagne. Alors on épluche des pommes de terre et on en profite pour apprendre une nouvelle chanson. En plus de Raphaël Iᵉⁱ, je me suis fait plein de nouveaux camarades. Il y en a un surtout avec qui je m'entends bien et qui s'appelle Georges. Il a une manie, il fait des listes. Surtout des listes de films. À tout le monde il demande des noms de films qu'on a vus et il les inscrit sur des feuilles. Mais il recommence tout le temps parce qu'il les recopie par ordre alphabétique et il y en a toujours des nouveaux alors on retrouve des listes partout, dans les chambres, dans la tente ou dans le parc du château.

Hier il est arrivé quelque chose pendant qu'on faisait le journal mural. Un journal mural c'est un journal qu'on accroche au mur du réfectoire et sur lequel on colle des articles qu'on fait nous-mêmes, ou des chansons ou des dessins. On avait mis une grande table dans le parc avec des bancs et chacun faisait un dessin ou un article quand tout à coup Max, notre moniteur, a crié : « PAPA ! » très fort et on a tous levé la tête. Un monsieur qu'une dame tenait par le bras avançait vers nous à petits pas. Alors Max a couru vers lui et l'a embrassé. Et ils se sont mis à pleurer tous les trois tout en continuant à s'embras- ser. Alors une fille à côté de moi s'est mise aussi à pleurer et d'autres aussi se sont mis à pleurer. C'était le père de Max qui rentrait de déportation. La nuit, Georges qui dort dans la même tente que moi s'est réveillé en sursaut en criant. Ça nous a réveillés et on

s'est rendu compte que les moniteurs ne dor-
maient pas et qu'ils circulaient beaucoup
dans les tentes et dans les chambres. Ce
matin, on a appris qu'un enfant s'était sauvé
pendant la nuit et ce sont des gendarmes qui
l'ont retrouvé en pyjama à la gare. Ils l'ont
ramené en disant aux moniteurs qu'ils sur-
veillaient mal les enfants de la colonie.

L'autre soir on nous a passé un film sovié-
tique : *L'Arc-en-ciel*. C'était bien. C'est l'histoire d'un village occupé par les boches,
jusqu'à sa libération par les partisans.
Georges aussi a trouvé le film bien, sauf que
maintenant il est obligé de recommencer sa
liste de films depuis le début.

Il faut que je vous laisse maintenant parce
que je dois encore finir l'article sur le film
L'Arc-en-ciel pour le journal mural.

J'ai oublié de vous dire que Betty va très
bien mais je sais qu'elle vous a écrit quand
c'était son jour de courrier.

Je vous embrasse très fort.

Raphaël qui vous aime

P.-S. J'ai bien reçu le colis, mais on a eu du
mal à partager le gâteau que tu as fait parce
qu'il s'était un peu écrasé pendant le voyage.

Troisième lettre de Raphaël

Chers Maman et Papa,

Aujourd'hui c'est à nouveau jour de courrier et je n'ai rien de particulier à vous écrire à part la fête qu'on prépare pour la fin du mois. Chaque équipe doit monter un stand et présenter dedans un spectacle pour les autres et aussi pour les gens du village qui sont invités.

À part ça, il est arrivé cette nuit une drôle d'histoire dans notre tente et je ne sais pas bien comment la raconter. C'est Georges qui est à côté de moi et qui profite de l'heure du courrier pour refaire sa liste de films parce qu'il n'a pas à qui écrire, qui m'a dit qu'il faut toujours tout noter ou tout raconter pour s'en souvenir plus tard. Il m'a conseillé de faire un dessin pour mieux raconter l'histoire de cette nuit.

Voilà le dessin de la tente avec la place de chaque lit :

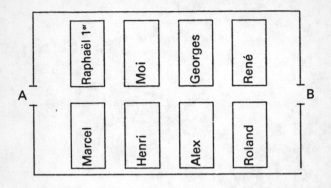

Alors cette nuit, Marcel s'est levé pour aller aux cabinets et il est sorti de la tente par le côté A. Il n'avait pas allumé la lumière pour ne pas nous réveiller mais c'était pas grave puisqu'il savait que son lit c'était le premier à droite en entrant. Seulement je ne sais pas pourquoi, il est revenu un peu plus tard par le côté B et il a été très surpris en rentrant dans son lit de sentir qu'il y avait quelqu'un dedans et il s'est mis à secouer René qui dormait profondément en lui demandant ce qu'il faisait là. René ne comprenait rien et Marcel persuadé que René venait d'avoir une crise de somnambulisme insistait pour qu'il retourne dans son lit situé à l'angle opposé. Le lit de Marcel était légèrement éclairé par

la lumière qui venait du parc et qui reste allumée toute la nuit et il était vide en effet.
Nous, on s'est réveillés à ce moment-là juste
pour voir René s'excuser et s'installer dans le
lit de Marcel. Raphaël Iᵉʳ a allumé la lumière
pour comprendre ce qui se passe et a vu que
Marcel était couché dans le lit de René et
René dans celui de Marcel qui avec la
lumière venait de comprendre son erreur.
On a tous éclaté de rire sauf René qui était
vexé et prétendait que c'était un coup monté
par toute la tente. Max est arrivé mais nous
on riait tellement qu'on n'a pas pu lui expliquer ce qui s'était passé. Alors pour nous calmer il nous a dit qu'on ferait les pluches une
fois de plus et c'est ce qu'on a fait ce matin. Je
ne sais pas si vous avez bien compris, mais je
vous le raconterai mieux à la maison.

C'est tout pour aujourd'hui, mais je vous
écrirai encore une lettre avant la fin de la
colonie.

J'espère que vous allez bien et je vous
embrasse très fort.

Raphael qui pense bien à vous

P.-S. Betty n'est pas contente quand vous
lui écrivez sur les lettres que vous m'envoyez.
Elle aime bien avoir des enveloppes avec son
nom dessus.

Quatrième lettre de Raphaël

Manoir de D.

Chère Maman et cher Papa,

C'est la dernière lettre que je vous écris car nous rentrons à Paris dans trois jours.

Hier, c'était la grande fête de fin de colonie dans le parc du château et c'était formidable. Plein de gens du village étaient venus et aussi quelques personnes de Paris. On avait décoré le parc avec des banderoles et des guirlandes et les stands étaient comme ceux d'une fête foraine. Les stands des petits étaient des stands de jeux et Betty s'occupait d'une loterie qui était faite avec une roue de bicyclette.

Au début, il y a eu la chorale des grands sur le perron du château. On a chanté trois chansons en français à plusieurs voix : le « chant des marais », le « chant des partisans sovié-

30

tiques » et le « chant des partisans français ».
Après on a chanté le « chant des partisans
juifs » en yiddish. Pour ce chant, tout le
monde s'est levé mais les gens du village un
peu après parce qu'ils ne savaient pas ce que
c'était. Après, chaque équipe a donné un
spectacle dans son stand.

Il y a eu des chœurs parlés. Un chœur
parlé, c'est un poème récité par un groupe
mais pas tous en même temps. Chacun dit un
ou deux vers ou alors le groupe est divisé en
deux et on se répond. Avec mon groupe, on a
fait un chœur parlé avec un poème de René
Guy Cadou, *Les Fusillés de Châteaubriant*. À la
fin du poème, je récitais tout seul :

> « *Et que tout est simple*
> *Et que la mort surtout est une chose simple* »,

et avec toute l'équipe ensemble on disait :

> « *Puisque toute liberté se survit.* »

Les deux groupes de grands ont joué des
pièces en yiddish. Il y en avait une de Cholem
Aleichem et une autre, *La Réforme*, qui avait
été écrite et jouée en 1942 au camp de
Pithiviers.

Mais le mieux, c'était le spectacle de
tableaux vivants qui a été monté par « Art

31

Dra ». C'était une série de scènes mimées, inspirées de la Résistance depuis l'attentat du colonel Fabien au métro Barbès jusqu'aux barricades de la Libération de Paris. Derrière, il y avait un groupe qui récitait un poème d'Aragon, *La Rose et le Réséda* et *Courage* de Paul Eluard. Et « Art Dra » jouait de l'harmonica pendant que devant on jouait les scènes. Les gens qui étaient venus de Paris pleuraient. Après, il y a eu un grand goûter et Louba, la directrice, a présenté quelqu'un qui a fait un discours et là on a appris que beaucoup d'enfants allaient rester au manoir après les vacances. Ce sont tous ceux dont les parents ne sont pas encore rentrés des camps. Un car passera tous les jours pour les emmener au lycée qui est trop loin pour y aller à pied. Les petits iront à l'école du village. Georges, qui reste aussi, ira dormir au château. Je lui ai dit que c'était bien, que tous ceux qui restaient allaient se sentir encore en vacances. Mais il ne savait pas très bien. Peut-être que ses parents vont revenir bientôt. Je lui ai promis de lui écrire et de lui envoyer les programmes de cinéma pour sa liste. Si le jour de courrier est maintenu il aura à qui écrire maintenant.

À part ça, demain on doit nettoyer le parc pour qu'il soit propre pour notre départ et on doit nous peser aussi pour savoir si on a bien grossi pendant la colonie.

Si vous venez nous attendre à la gare, on arrive jeudi à 4 h 30 de l'après-midi à la gare Saint-Lazare.

Je vous embrasse bien fort.

Raphaël

« Faire et défaire
c'est toujours travailler »

Léon est revenu à l'atelier. Il était parti pendant une saison pour se mettre à son compte. M. Albert lui avait souhaité bonne chance. « Si ça ne marche pas, avait-il ajouté, tu pourras toujours revenir à la maison. » Et Léon était revenu.

Il était parti en disant comme tous les soirs : « Ich four avek Sénégalais[1]. » Et pour commencer il avait emprunté une machine à coudre, acheté un mannequin et s'était installé dans sa salle à manger dont la table de toute façon était une ancienne table de presse. Il faisait tout lui-même sauf que c'est sa femme qui montait les doublures. C'est lui aussi qui livrait une ou deux fois par semaine chez Lederman, un fabricant de la rue du Faubourg-Poissonnière.

Et la saison ici s'était passée sans Léon.

1. Littéralement : « Je me tire ailleurs Sénégalais. »

Pour le remplacer, M. Albert avait engagé un jeune presseur, Joseph. À sa manière de parler, on voyait bien qu'il avait fait des études mais il repassait moins bien que Léon. Le soir après son départ, il arrivait que pour redonner un peu de gonflant à la tête des manches ou pour délustrer un revers, M. Albert soit obligé de prendre le fer. Mais sans le dire à Joseph parce qu'il avait de la tendresse pour lui.

Quand Léon est revenu avec son mannequin dans les bras, l'atelier s'est retrouvé avec un presseur de trop. Le soir même, M. Albert a longuement parlé avec Joseph dans la cuisine et une semaine après Léon a repris sa place derrière la table de pressc.

Le premier matin, je l'ai accueilli par un : « Alors, tu reviens Sénégalais ? »

« Abramauschwitz », me dit-il en me regardant droit dans les yeux, « Abramauschwitz ! » et dans son regard j'ai compris qu'il voulait me faire comprendre que les jeux de mots à l'atelier c'était lui qui les faisait : « Un Sénégalais ne revient pas, un Sénégalais se tire ailleurs. »

Du coup, personne n'a plus osé lui demander ce qui n'avait pas marché avec Lederman. Lorsque Jacqueline, la petite finisseuse qui aime plaisanter, a risqué un : « Alors monsieur Léon, c'est parce que je vous ai manqué que vous êtes revenu ? » Léon s'est simplement contenté de répondre par un sourire affirmatif.

Ce n'est que huit jours après son retour que Léon nous a fait le récit de son expérience.

Tout s'était bien passé durant la saison. On savait déjà qu'il faisait tout lui-même sauf que sa femme lui servait de finisseuse et comme ils ont un petit garçon qui ne va pas encore à l'école parce qu'il est né en juillet 1942, ils avaient des journées bien remplies. Et même des soirées et même des samedis aussi. « Plus d'une fois, nous racontait Léon, je me suis levé le matin avec les yeux bordés de passepoils. »

Et puis, chez Lederman comme chez les autres, la morte-saison est arrivée. Et Lederman, qui jusque-là expédiait les manteaux dans les magasins sans presque les regarder, s'est mis à chercher des poux dans les vêtements. « Ce sont des modèles pour la nouvelle saison, disait-il, et des modèles qui tombent pas bien, c'est toute la saison qui est fichue. » Et pour conserver tous les entrepreneurs qui travaillaient pour lui, il répartissait entre eux les nouveaux modèles.

Quatre fois déjà Léon était reparti chez lui avec une seule veste à faire. Et sur ces quatre fois, deux fois Lederman lui avait rendu le vêtement à rectifier. La première fois pour une doublure qui tirait, la deuxième fois pour une manche qui partait trop en avant. Mais c'était pas vrai, nous certifiait Léon. Il avait, sur les conseils de M. Albert, accepté de ne pas discuter et s'était contenté, rentré chez lui, de donner un simple coup de fer. « Vous voyez, avait dit à chaque fois Lederman triomphant, ça tombe bien maintenant. »

Cette fois, c'était il y a un peu plus de huit jours, Léon livrait une veste en prince-de-galles comme celles sur lesquelles on s'énerve ici à cause des carreaux à raccorder, et dans l'escalier il avait croisé un vieil entre-preneur qui repartait tristement avec sa toi-lette de percaline noire sur l'épaule.

Du regard il a interrogé le vieil ouvrier.

« C'est la deuxième fois que je repars avec, a répondu le vieux.

— Mais vous avez la réputation d'avoir des doigts en or ? s'est étonné Léon.

— Moi j'ai peut-être les doigts en or, mais c'est lui qui donne le travail. »

Quand Léon a franchi la porte de chez Lederman, il était déjà aussi énervé que lui. Oser rendre deux fois de suite un vêtement au vieux Vilner sous prétexte qu'on est plus haut sur l'échelle le révoltait.

Il a posé la toilette sur la table de réception

et tranquillement, mais ses mains tremblaient un peu, il a détaché les épingles à nourrice. Sans un mot, Lederman a pris la veste, l'a accrochée sur le stockman et aussitôt — les manches bougeaient encore — il a lâché : « Elle tombe pas bien ! »

À ce moment de l'histoire, Léon est devenu nerveux comme chez Lederman et on s'est presque arrêtés de travailler pour écouter la suite, sauf Mme Paulette qui n'aime pas Léon parce qu'il ne rate jamais une occasion de lui dire qu'elle a tort quand elle a tort.

« Elle tombe pas bien ? Elle tombe pas bien ? a hurlé Léon, vous allez voir si elle tombe pas bien ! » Et en même temps il a arraché la veste du mannequin.

Et en nous racontant ça, ici à l'atelier, chez M. Albert, Léon décroche aussi la veste qu'il vient de repasser et traverse l'atelier à grandes jambes, il passe devant Mme Paulette qui du coup lève la tête effrayée, mais lui, il va directement à la fenêtre, l'ouvre toute grande et hop ! il fait le geste de jeter la veste dehors.

« Et j'ai lancé la veste dans le Faubourg-Poissonnière, a continué Léon brusquement calmé, du haut du troisième étage de la maison Lederman, confection pour dames. »

Et là, parce que Léon raconte bien, j'ai vu

que M. Albert a été inquiet parce qu'il a bien cru que Léon allait lâcher la veste qu'il tenait à la main, bien que l'atelier ici n'est qu'au premier étage et que les fenêtres donnent sur la cour.

« Alors ? » a demandé M. Albert.

Léon a remis la veste sur le mannequin et il a eu un grand sourire comme s'il revoyait tout. Et il nous a raconté que, pendant que le modèle tombait en prenant son temps parce que les manches se gonflaient d'air, Lederman avait l'air de courir de deux côtés à la fois en criant. Et dans tout ce qu'il criait on comprenait seulement : « Mon modèle ! Mon modèle ! » À quoi Léon répondait : « Il tombe bien, il tombe très bien. »

Et Lederman a d'abord fait un saut à la fenêtre comme pour vérifier si ce que disait Léon était vrai et il s'est précipité dans l'escalier. Et pendant qu'il descendait les marches quatre à quatre en criant toujours : « Mon modèle ! Mon modèle ! » Léon s'est penché par la fenêtre et là, il voit le vieux Vilner qui justement lève la tête à cause des cris. Et le vieux Vilner est tout surpris parce que, dans sa vie, il avait déjà vu tomber beaucoup de choses par les fenêtres, mais pas encore une veste en prince-de-galles.

Naturellement, c'était pas une chose à faire et Léon aurait pu, tout en restant en colère, dire des vérités à Lederman. Mais sûrement que Léon avait pensé que ces vérités, Lederman les connaissait déjà mais que par contre il n'avait peut-être pas encore eu l'occasion de voir comment un vêtement tombe vraiment bien.

« Écoutez, monsieur Lederman, aurait pu dire Léon comme vérité, je suis depuis assez longtemps déjà dans le métier pour savoir ce que c'est qu'une morte-saison. Il y en a eu avant que vous soyez au monde et il y en aura encore quand mon fils sera en âge de travailler sauf que lui ne sera jamais tailleur. Et c'est justement pour qu'il ne soit jamais tailleur que j'ai travaillé jour et nuit à m'esquinter les yeux. Alors s'il n'y a pas de travail, dites-moi franchement qu'il n'y a pas de travail, même si ça vous arrache le cœur de me voir repartir la toilette vide et de me laisser sans travail quelques jours. Mais on n'est plus pendant la guerre monsieur Lederman — et là Léon aurait pu élever la voix — j'ai mérité de me promener sur les grands boulevards avec ma femme et mon fils. Alors ne me faites plus faire et défaire juste pour me garder pour la pleine saison ! »

Et là, ça aurait donné à Lederman l'occasion de parler de la guerre et ils auraient peut-être changé de conversation. Mais Léon avait préféré résumer par : « Elle tombe pas

40

bien ? Hop ! par la fenêtre. Maintenant elle tombe bien ! »

Malgré tout, j'aurais quand même voulu voir ça. Voir la tête de Lederman criant : « Mon modèle ! » Le voir courant dans les escaliers et en même temps voir par la fenêtre la veste qui tombe bien et aussi la tête de M. Vilner regardant un oiseau en prince-de-galles voler dans le ciel de la rue du Faubourg-Poissonnière.

Voilà. C'est ainsi que finit l'histoire entre Léon et Lederman sauf que, quelque temps après, M. Albert est arrivé à l'atelier après une livraison, avec une question à poser à Léon. Chez Wasserman, il venait de rencontrer des entrepreneurs qui travaillaient aussi pour Lederman et qui en avaient suffisamment appris sur l'histoire de la « veste-qui-tombe-bien » pour la raconter eux-mêmes. Mais ce que personne n'arrivait à savoir et que Lederman lui-même n'avait pas compris, c'était ce que Léon avait dit juste avant de claquer la porte.

« Alors Léon, lui dit M. Albert, qu'est-ce que vous lui avez dit de spécial à Lederman ?

— Je lui ai dit, dit Léon en reposant tranquillement son fer à gaz pour prendre un peu de temps, je lui ai dit : "Ich four avek parce que c'est plus bath ailleurs ! " »

« Bonjour-Bonjour »

« C'est grâce à un tailleur de la rue de Sèvres que j'ai survécu pendant l'Occupation. » C'est à Abramowicz que s'adressait M. Albert, parce que l'histoire qu'il racontait, Charles et moi on la connaissait déjà.

« Ma femme était avec la petite, cachée à la campagne où on ne nous avait pas acceptés Raphaël et moi. On a mis Raphaël en pension sous un faux nom, et moi, ce tailleur de la rue de Sèvres m'avait installé dans une chambre de bonne dans l'immeuble où il a toujours son magasin. Y'avait pas de bon tissu à l'époque, même pour les gens du quartier, alors ils venaient faire transformer leurs vêtements. Un manteau pouvait devenir une veste, un costume pour homme devenait un costume pour enfant ou une veste pour femme parce que le tissu d'avant la guerre c'était pas comme maintenant, ça pouvait durer des années. J'avais commencé dans la mesure en Pologne d'abord et puis à Berlin dans une grande maison et quand un vêtement sortait de mes mains, personne n'aurait pu dire si c'était du neuf ou du transformé. M. Dumaillet, le tailleur, faisait les essayages et le soir, tard, il me montait le travail et à manger. On avait fixé un code pour que je n'ouvre pas à n'importe qui. Il frappait trois coups, attendait une minute et disait un mot de passe qui changeait chaque soir : Ganse, Passepoil, Jupe-culotte, Galon, Rayonne, Boutonnière, Épaulette, Cordonnet, on utilisait tout le stock du métier. Dès que j'entendais des pas dans l'escalier, je prenais mes ciseaux de coupe et je me cachais derrière la porte pour défendre ma vie. »

En racontant ce passage de la défense de sa vie, M. Albert était comme au théâtre. Il s'était mis derrière la porte et avec un air terrible tenait ses grands ciseaux au-dessus de la tête pour raconter la suite. C'est juste ce moment que Mme Sarah a choisi pour faire son entrée dans l'atelier. Arrêté brusquement dans son histoire, M. Albert est resté muet tout en gardant les ciseaux au-dessus de lui avec ses deux mains.

Mme Sarah a eu un regard comme elle a dû en avoir souvent et elle s'est sauvée en courant et en criant « Gevalt ! »[1] avant qu'on

1. Au secours !

ait eu le temps de lui dire qu'elle n'était pas tombée en plein pogrom.

Le Gevalt de Mme Sarah avait fait surgir Mme Léa si rapidement de sa cuisine qu'elle a eu le temps de voir son mari toujours armé des ciseaux au-dessus de sa tête.

« C'était " Bonjour-Bonjour ", a dit M. Albert comme pour se justifier.

— Qu'est-ce qu'elle a fait ?

— Elle a eu peur, elle s'est sauvée.

— Tu l'as menacée ? Pourquoi tu l'as menacée ?

— Je l'ai pas menacée, je racontais une histoire à Maurice. Elle a même pas dit " Bonjour-Bonjour ", elle a crié et s'est sauvée. C'est tout.

— Encore tes histoires ! T'as besoin de faire peur à Mme Sarah maintenant pour raconter tes histoires ? »

Malgré la vapeur et la distance, j'ai bien vu à la couleur de son visage que M. Albert était vexé, parce que s'il y a une chose qu'il ne peut pas supporter, c'est de voir Mme Léa s'énerver après lui devant nous.

Ce que M. Albert trouvait encore moins supportable c'est que, cette fois, Mme Léa s'était énervée après lui au moment où il avait le beau rôle, et on pouvait se demander s'il allait retrouver l'occasion de raconter la suite. Aussi, il n'a pas eu d'autre choix que de retourner derrière sa table de coupe et de s'énerver à son tour avant de finir de tracer un matelas de doublures.

« Elle reviendra, elle reviendra ! Tu veux lui courir après ? Va, cours après ! Elle a besoin de nous. Tu crois qu'elle va trouver beaucoup d'imbéciles comme nous pour lui acheter son mauvais savon ? »

C'est l'arrivée de Jacqueline et de Mme Andrée qui a empêché Mme Léa de répondre. On a juste deviné le regard qu'elle a jeté à son mari, et elle est sortie de l'atelier pendant que je faisais signe aux finisseuses d'arrêter de me poser des questions avec leurs yeux.

Mme Sarah, qui doit mesurer dans les un mètre cinquante, est certainement la dame de son âge la plus rapide et la plus agile que j'ai jamais rencontrée, encore que je ne connais personne capable de lui donner un âge.

Tous les mois, elle passe à l'atelier pour nous vendre du savon et des bougies et quand on la voit arriver avec sa petite valise aux coins usés dans laquelle elle entasse sa marchandise et qu'elle nous regarde avec ses yeux et ses cheveux un peu gris aussi qu'elle cache maladroitement sous un châle qu'elle porte été comme hiver, on peut se demander si la guerre est vraiment terminée.

On la connaît dans tout le quartier de la rue de Turenne, c'est-à-dire la rue de Turenne et toutes les rues qui donnent dedans et où on peut entendre piquer à la machine à longueur de journée.

Avant la guerre, son mari était le « chammès »[1] d'une petite synagogue de la rue des Rosiers. En juillet 1942, il exerçait toujours cette fonction, s'entêtant à vouloir ouvrir la synagogue tous les matins.

Mme Sarah le suppliait de quitter son caftan et de se faire couper la barbe :

« Mieux vaut un Juif sans barbe, qu'une barbe sans Juif ! »

Lui ne s'en remettait qu'à la justice divine jusqu'au matin où une autre justice l'a expédié à Drancy avec dans sa poche la clef de la synagogue.

Au début, à part le thé qu'elle allait boire à la cuisine avec Mme Léa, Mme Sarah venait à l'atelier uniquement pour son commerce de bougies et de savon. Mais depuis quelque temps, elle exerçait aussi la traditionnelle profession de marieuse. Ses visites successives dans les ateliers du quartier lui avaient fait rencontrer tout un tas de gens libres à cause de l'épidémie qui s'était répandue à peu près à l'époque où les Juifs avaient été obligés de

1. Bedeau.

46

coudre une étoile jaune sur le côté gauche de la poitrine. Mais généralement, les gens libres espéraient et attendaient encore et Mme Sarah qui avait décidé de se consacrer à leur bonheur attendait aussi.

C'est dans la poche intérieure de sa valise que Mme Sarah rangeait sa liste de gens à marier. Il y avait là deux enveloppes entourées chacune d'un élastique. La première contenait quelques fiches sur lesquelles on pouvait lire un nom et quelques indications comme l'âge et le métier. C'étaient les noms de ceux qui pensaient que la vie leur serait plus facile s'ils étaient mariés, c'est pourquoi sur certaines de ces fiches il y avait aussi une petite photo de collée. Dans l'autre enveloppe, il y avait une longue liste de noms sur laquelle j'ai eu la surprise de lire, un jour que j'avais demandé de jeter un œil dessus, les noms de Charles et de Maurice.

J'ai compris que sur cette liste ne figuraient que des noms pour lesquels Mme Sarah avait des projets d'avenir. J'ai voulu dire quelque chose de simple :

« Votre liste de gens à marier sent le savon, madame Sarah. » Ce qui d'ailleurs était vrai.

« Vous préfériez peut-être l'époque où c'était le savon qui sentait les gens à marier, monsieur Léon ?»

Pour une fois j'ai pas eu la réplique, parce

47

que tout le monde à l'atelier vous dira que personne, même moi, n'a jamais osé faire une plaisanterie avec le savon. Je lui ai rendu sa liste de gens en attente et j'ai repris mon fer.

Entre nous, Mme Sarah, on l'appelait « Bonjour-Bonjour » parce que « Bonjour » était à peu près le seul mot qu'elle savait dire en français. Elle le disait deux fois, régulièrement, en franchissant la porte de l'atelier, d'où son surnom, et le reste se passait en yiddish. Cependant elle comprenait le français, puisque Mme Andrée qui avait bon cœur mais qui ne parlait que le français, lui achetait son savon qui pourtant n'était ni moins cher ni de meilleure qualité qu'ailleurs.

Un jour, après avoir bu son thé avec Mme Léa, elle s'était sentie assez bien pour parler à Abramowicz de jeunes filles d'excellentes familles et qui, disait-elle, « ne s'étaient encore jamais laissé approcher ».

Quand Mme Sarah disait d'une jeune fille qu'elle « s'était déjà laissé approcher », dans sa bouche ça voulait dire qu'on l'avait déjà aimée de la tête aux pieds.

Mais Mme Sarah qui n'avait même plus le goût de mettre du sucre dans son thé, n'était pas douée pour le genre de clientèle dont elle parlait à Maurice. En un mot, c'était pas sa spécialité. On ne se mêle pas de la haute couture quand on fait déjà du prêt-à-porter et comme j'ai déjà dit, avec son châle et ses yeux gris, Mme Sarah n'avait pas besoin de parler de la guerre pour en parler.

Une autre fois, sans un mot, Mme Sarah a déposé quelques fiches sur la machine de Charles et elle a attendu sans bouger.

« Reprenez vos fiches, madame Sarah, a dit Charles sans regarder ni les fiches, ni Mme Sarah.

— Regardez au moins les photos, a dit Mme Sarah toujours sans bouger, faites au moins ça pour moi. »

Charles s'est arrêté de piquer à la machine. « C'est pour vous qu'on doit se marier maintenant ? ça c'est nouveau. Madame Sarah (Charles était très calme) si vous voulez marier les gens, c'est une chose, et si vous avez besoin de gagner votre vie, c'est autre chose, mais ne mélangez pas les deux. Un, vous faites une Mitzvah[1] et vous tournez la page. Deux, ça vous rapporte de l'argent et vous tournez une autre page. On n'échange pas le bonheur contre de l'argent, madame Sarah. L'argent c'est à part et c'est en plus. »

J'ai pensé que Charles aurait pu être rabbin. Pourtant Mme Sarah n'avait pas dû bien

_____

1. Prescription, commandement, par extension signifie « bonne action ».

l'écouter ou alors elle devait être sûre que dans ses fiches se trouvait la perle que Charles ne pouvait pas laisser passer, parce qu'elle a encore insisté.

Alors là, Charles a parlé plus fort. Pas plus fort que moi ou que M. Albert quand on parle fort, mais venant de Charles, tout à coup ça a ressemblé à un hurlement :

« Madame Sarah, ne me parlez plus jamais de mariage, vous entendez, madame Sarah ? Et il a parlé encore plus fort : Plus jamais de mariage ! »

À ce moment, Mme Sarah a dû comprendre ce que Charles a dit en premier, parce qu'elle a repris les fiches et sans dire un mot les a soigneusement remises dans l'enveloppe avec l'élastique autour, et lentement les a rangées à leur place habituelle dans la petite valise marron. On l'a entendue renifler et pendant qu'elle cherchait son mouchoir dans la poche de son manteau, Charles avec un bout de doublure essuyait ses lunettes, et on n'a pas eu besoin de bien regarder pour voir qu'il essuyait plus le dedans que le dessus.

Mme Sarah ce jour-là est repartie de l'atelier sans avoir fait le bonheur de personne. Comme cet autre jour où son « Bonjour-Bonjour » est resté dans sa gorge et s'est transformé en Gevalt.

Commémoration

Il y a une chose qu'une mère peut dire, c'est quand elle est fière de son enfant. Si vous saviez comme Raphaël dessine bien. On peut même dire que ça vaut la peine de venir de loin pour regarder ses dessins. Surtout ceux qu'il fait en couleurs. C'est pour ça que je n'ai pas pu supporter qu'il se laisse pincer si fort les doigts dans le placard de sa chambre et que je l'ai giflé lui et Betty qui poussait la porte de toutes ses forces parce qu'il voulait comme il m'a dit « éprouver sa résistance à la douleur ». Quelle mère pourrait supporter de voir souffrir son enfant même s'il n'est pas un artiste comme mon Raphaël ? Ça n'existe pas.

C'est la semaine dernière que tout est arrivé. Le dimanche, à la Mutualité une grande manifestation avait été organisée pour l'anniversaire de la libération du camp d'Auschwitz. Une délégation d'enfants de déportés était venue du château où Raphaël et Betty étaient en vacances et Raphaël m'avait demandé si son ami Georges qui faisait partie de la délégation pouvait dormir à la maison.

On avait tout organisé. Georges dormirait dans le lit de Betty et Betty viendrait dormir dans notre lit à Albert et à moi.

Le samedi, Raphaël est allé chercher Georges à la gare Saint-Lazare et ils étaient arrivés à la maison juste à l'heure du goûter. J'avais essayé de faire les choses normalement à cause de ce que racontait Raphaël dans les lettres qu'il nous envoyait cet été, mais quand j'ai vu que Georges ne savait pas s'il devait me serrer la main ou m'embrasser, j'ai eu comme une pierre dans le cœur et je me suis demandé qu'est-ce que c'est que ce monde où un enfant n'a même pas une mère à embrasser.

Betty buvait son cacao et deux bols attendaient Raphaël et Georges. Pendant qu'ils se lavaient les mains, j'ai mis le lait à chauffer et puis j'ai préparé des tartines de confiture.

Raphaël s'est assis et comme Georges restait debout, il l'a invité à en faire autant.

« Je veux pas de confiture, a dit Georges doucement et en restant toujours debout.

— Tu ne veux pas t'asseoir ? » j'ai dit en versant le cacao.

Georges a lancé un regard désespéré a Raphaël.

« Il veut pas de confiture », a dit Betty tout en continuant de manger.

Alors j'ai insisté.

« Elle est très bonne tu sais. C'est de la confiture de fraises, on l'a ramenée de la campagne.

— Non, non, j'en veux pas, a répondu Georges très vite, et il tenait très fort le dossier de sa chaise avec les deux mains. »

Tous les trois on a regardé Georges, il avait l'air malade.

Qu'est-ce que je pouvais faire ? J'ai enlevé le pot de confiture de la table et j'ai laissé les enfants seuls dans la cuisine.

Le soir, pour dormir, Albert avait mis son pantalon de pyjama parce que Betty s'était couchée entre lui et moi dans notre grand lit. J'ai pressé Betty dans mes bras comme elle pressait dans les siens son ours en peluche qui était dans le lit depuis le matin pour qu'il s'habitue.

Naturellement je ne pouvais pas dormir et doucement les larmes me sont venues aux yeux parce que Betty était appuyée sur ma poitrine comme pendant ces années où on avait été séparés. J'étais bien et pourtant, je pensais aux garçons dans leur chambre.

J'ai attendu la semaine pour que Raphaël me raconte.

Il a commencé par me raconter que dans le noir, exactement comme le fait Betty tous les soirs parce qu'elle a peur de s'endormir la dernière, Georges lui avait demandé s'il dormait.

Voilà comment Raphaël a continué :

« Bien sûr que je ne dormais pas, parce qu'on avait trop de choses à dire pour dormir, même si on n'avait encore rien dit et qu'on avait déjà éteint la lumière depuis bien dix minutes.

« Avant on avait un peu lu et je me sentais un peu comme à la colonie de vacances sauf que là, Georges dormait à ma droite. Il était très content des journaux de cinéma d'avant guerre qu'oncle Isidore m'avait donnés pour lui.

« Après ma réponse, Georges a attendu encore un peu dans le noir. Et il a commencé à parler. C'est la première fois que je l'ai entendu parler si longtemps. C'était une histoire de pendant la guerre. Une histoire qui lui est arrivée :

— Avec mes parents, j'habitais rue Julien-Lacroix, à Belleville. Je me souviens de deux pièces... Dans la première, la plus grande, on mangeait et on se lavait, ma mère faisait la cuisine et je faisais mes devoirs. Dans l'autre pièce, on dormait. Il y avait un grand lit pour mes parents et un lit-cage pour moi qui commençait à devenir petit. C'est pour ça peut-être que des fois, le matin, j'allais les rejoindre dans leur lit... Mais la plupart du temps ils étaient déjà levés... Ma mère faisait de la couture à la maison parce qu'il y avait aussi une machine à coudre dans la grande pièce, mais mon père ne travaillait pas à la maison... Un jour, mon père est arrivé à la maison avec un grand pot de confiture. Il était très content et voulait qu'on la mange le soir même. Mais ma mère n'avait pas voulu. Elle disait que c'était du luxe et qu'il valait mieux attendre des jours plus sombres, et qu'on en profiterait mieux... Mon père avait dit que les jours étaient déjà assez sombres comme ça, mais ma mère a traité mon père de gourmand et elle a rangé la confiture dans un grand placard qui était fixé au mur et où en général on mettait les réserves...

« Un matin, très tôt, c'était en 42, on a frappé très fort à la porte : c'était la police. J'étais encore au lit... Mon père d'un seul coup m'a pris dans les bras et très vite m'a mis dans le placard et il m'a dit : "Tu ne bouges pas, tu ne dis rien !" Je ne l'avais jamais vu comme ça. Il était tout blanc. Il a refermé la porte du placard en laissant une petite ouverture pour que je puisse respirer.

C'est par là que j'ai tout vu... J'ai vu trois agents rentrer, ils parlaient d'emmener mes parents... Mon père a pris une valise sous l'armoire et ils ont mis des affaires dedans. Je ne voyais pas bien ma mère, c'était comme si mon père se mettait exprès entre elle et moi pour pas qu'elle me voie. Moi je n'osais pas bouger, parce que j'avais peur et aussi à cause du ton autoritaire de mon père. J'avais neuf ans et j'étais pas gros et c'était facile pour moi de ne pas bouger, pourtant je ne savais pas ce que je craignais le plus : rester caché ou être découvert... Quand ils sont sortis, c'est un agent qui portait la valise. Ma mère pleurait et mon père la tenait par le bras...

« Après leur départ je suis resté encore longtemps je crois dans le placard sans oser en sortir. Je pleurais sans bruit. Et puis j'ai vu près de moi le pot de confiture que mon père avait ramené un soir, alors je l'ai ouvert et avec le doigt, sans bouger du placard, j'ai mangé toute la confiture du pot... Long-temps après, mais je ne sais plus combien de temps, je suis sorti du placard et je me suis habillé. Je n'avais rien à faire à la maison alors je suis sorti dans la rue et presque tout de suite j'ai tout vomi. C'est là qu'une dame qui me connaissait m'a emmené chez elle et s'est occupée de moi... »

C'est là que Raphaël a arrêté l'histoire,

parce que c'est sûrement là que Georges a arrêté de parler. Je sais seulement que le lendemain matin Raphaël a montré à Georges le lycée Charlemagne où il va et que l'après-midi ils sont allés comme prévu à la Mutualité pour la commémoration. Comme après ils devaient aller directement à la gare, Georges a pris ses affaires et les magazines d'Isy avec lui. Betty l'a embrassé pour lui dire au revoir alors j'ai pu l'embrasser moi aussi et je lui ai dit qu'il pouvait revenir quand il voudrait, qu'il y aurait toujours un lit pour lui. Mais est-ce qu'on sait ce qu'il faut dire ?

C'est après avoir raccompagné Georges à la gare que Raphaël a demandé à Betty de lui pincer très fort les doigts dans le placard de la chambre. Mais c'est seulement maintenant que j'ai compris qu'il avait besoin de souffrir comme Georges qui était devenu son meilleur ami. Et que ce qu'il avait besoin de partager c'était aussi un peu de douleur.

Quelle mère aurait pu être plus fière de son fils ? Et pourtant c'est à ce même moment que j'avais giflé Raphaël. Et Betty aussi par-dessus le marché.

Alors j'ai attiré Raphaël vers moi et malgré ses treize ans je l'ai assis sur mes genoux et parce que les mots manquent toujours quand on a le cœur serré, j'ai appuyé sa tête sur moi et je l'ai embrassé sans rien dire. C'est à ce moment-là seulement que Raphaël s'est mis à pleurer.

Et parce que ça faisait une semaine que ses yeux étaient pleins de larmes, on est restés longtemps comme ça tous les deux, comme lorsqu'il n'était encore qu'un petit enfant.

Lettre de Georges

Manoir de D.

Cher Raphaël,

Il y a déjà plusieurs jours que je voulais t'écrire pour te remercier de la collection « Le Film complet » que tu m'as donnée quand je suis venu à Paris. Presque chaque soir j'en lis un et des fois j'en relis des passages. Il y en a un surtout que j'aime bien et je me souviens l'avoir vu avec mes parents au cinéma « Cocorico », boulevard de Belleville. C'est *L'Enfer des anges* avec Louise Carletti. Au début du film elle dit : « Je m'appelle Lucette et j'ai quatorze ans », et à la fin elle meurt en se jetant dans la Seine. Elle portait une pèlerine et elle s'était évadée d'une maison de correction. Dans « Le Film complet » on parle de Fresnes, mais je crois que Fresnes c'est plutôt une prison.

Je me souviens aussi que le soir dans mon lit, j'avais pleuré en silence parce que comme je te l'ai dit je dormais dans la même chambre que mes parents.

Je voudrais aussi te dire quelque chose que je dis pour la première fois. Tu vas voir c'est un peu bête mais maintenant c'est fini. Si j'ai pleuré le soir, c'est pas parce que le film était triste (je savais bien que c'était du cinéma), mais parce que j'étais amoureux de Louise Carletti et comme j'avais neuf ans, j'étais désespéré parce que je me rendais compte qu'à cause de la différence d'âge je n'aurais jamais pu me marier avec elle.

Tu comprends ma joie quand tu m'as offert les magazines car depuis, je pensais très souvent à elle, jusqu'à hier soir, quand Mireille, une nouvelle monitrice, est venue nous dire bonsoir dans la chambre. Elle a feuilleté les magazines et elle m'a appris que beaucoup de comédiens avaient collaboré avec les Allemands pendant la guerre. Je lui ai demandé quelques exemples parce que je n'osais pas lui parler directement de Louise Carletti, alors elle m'a cité : Tino Rossi, Sacha Guitry, Maurice Chevalier, Le Vigan, Pierre Fresnay... Comme j'avais devant moi une photo de Louise Carletti (celle qui est au dos de *Clodoche* avec Jules Berry et Pierre Larquey), j'ai pu lui poser la question et elle m'a répondu qu'elle le croyait également.

Avant de m'endormir, j'ai longuement regardé la photo de Louise Carletti. Je me suis alors rendu compte que c'était terminé. Je ne suis plus amoureux. Sinon, je crois que je n'aurais jamais osé te l'écrire.

Bizarrement, ça me rend un peu triste, pas à cause de ce que m'a dit Mireille, mais c'est comme si c'était moi qu'on n'aimait plus. Je ne mettrai pas la photographie de Louise Carletti au mur comme j'en avais l'intention.

À propos de photographie, j'ai vu que chez toi, il y avait des numéros de *Droit et Liberté*. Sur celui de la semaine prochaine, en principe il y aura une photo du manoir parce que dimanche dernier il y a Marc Chagall (c'est un peintre connu) qui est venu nous rendre visite. On a pris plusieurs photos où on est tous autour de lui. Il a offert un tableau qui sera, je crois, le premier prix d'une tombola qui va être organisée au profit des maisons d'enfants.

Je t'ai parlé de Mireille qui est une nouvelle monitrice, je l'aime bien. Le soir dans les chambres, elle reste longtemps avec nous pour bavarder de tout. J'espère qu'elle va rester parce que le problème avec les moniteurs c'est qu'on en change un peu trop souvent.

J'espère qu'on aura bientôt la possibilité

de se voir à nouveau, peut-être à l'occasion de la tombola.

En attendant, je te serre une très amicale poignée de main.

Georges

La vie me raconte une histoire

Pourquoi elle a accepté, Mme Andrée, de sortir avec moi ce soir ? Parce qu'elle vit seule ? Mais les autres jours aussi elle vit seule. Oui, mais les autres jours, je l'avais pas invitée. Pourquoi je l'aurais invitée ? Est-ce qu'un homme marié, père de famille, peut se permettre d'inviter au restaurant une autre femme que la sienne ? Non, ça ne se fait pas.

Il y a deux jours déjà que Léa est partie avec les enfants voir son cousin à Bruxelles. Grâce à Dieu, il a survécu à la guerre et nous aussi et Bruxelles n'est pas si loin pour que deux cousins ne puissent pas s'embrasser après tant d'années de séparation.

Hier soir, Mme Andrée est restée un peu plus tard à l'atelier et bien sûr on a parlé comme ça de n'importe quoi, et puis de fil en aiguille comme on dit, je me suis entendu l'inviter à dîner au restaurant. Elle a dit oui, et ce oui a été ma surprise de la journée.

C'est vrai qu'on dîne avec plus de plaisir quand on n'est pas tout seul.

Mme Andrée s'est changée pour venir. Elle a même mis le manteau qu'Abramowicz a fait sur mesure pour elle. C'est quand elle s'est assise en face de moi sur la chaise que lui présentait le garçon et qu'elle lui a souri, que je me suis rendu compte qu'elle ressemblait à Maria Montez. C'est à ce moment-là que je me suis dit qu'il fallait trouver de quoi on pourrait parler, parce que bien entendu, moi je ne ressemble pas à Jean-Pierre Aumont.

Bon, de quoi peut-on bien parler ? De quoi on parle d'habitude ? Du travail ? De la famille ? On ne va pas parler du travail au restaurant quand même. Qui est-ce qui s'intéresse au travail en dehors du travail ? De la famille alors ? C'est ça qui serait intelligent : parler de Léa et des enfants à Mme Andrée juste le soir où je l'invite au restaurant. Bon, alors de quoi on parle avec Léa ? Eh bien, justement du travail et de la famille. En attendant, Mme Andrée a fini de lire la carte, on va passer la commande et là il faudra bien que je trouve quelque chose à dire avant qu'elle ne me prenne pour un imbécile. Qu'est-ce qu'elle peut penser de moi ? À l'atelier, je suis M. Albert, je lui donne du travail, elle, elle retourne les pièces, monte les doublures, je paye chaque semaine régulière-

64

ment et c'est comme ça chaque saison. C'est comme ça à l'atelier, mais ici, au restaurant ? Si seulement on était déjà servis, au moins on pourrait manger.

Anna Karénine ! Oui, je suis sûr que dans *Anna Karénine* il se passe assez de choses pour tenir une conversation toute la soirée. Seulement je suis déjà assis au restaurant avec Mme Andrée en face de moi et je vais lui dire : « Excusez-moi, madame Andrée, si vous voulez bien on va revenir ici la semaine prochaine, juste le temps de lire *Anna Karénine* et je vous garantis une conversation tout à fait intéressante. » Comme ça, j'aurai tout à fait l'air d'un imbécile.

Bon, mais comme on n'est pas venus ici pour se dire seulement bonjour, bonne nuit et à demain, je lève les yeux sur elle juste au moment où elle baisse les siens ce qui, chez elle, est plutôt naturel parce qu'à l'atelier c'est Jacqueline qui, en général, a le nez en l'air et une histoire à raconter.

Pendant qu'elle regarde son assiette, je peux l'observer tranquillement.

Peut-être qu'elle se sent bien comme ça. Qui a dit qu'il fallait absolument parler ? On est tranquille, tout va bien, il y a des nappes blanches sur les tables et on a deux verres par personne.

Et puis, brusquement, voilà que j'ai une

autre raison de garder le silence, et cette raison fait qu'en ce moment j'ai droit à une surprise par jour.

On croit savoir ce que c'est que la vie et puis un jour, de l'autre côté d'une table de restaurant, on en apprend plus que dans le journal.

Et Mme Andrée commence à me parler de sa sœur pendant la guerre à Angers. Sa sœur qui avait dix-sept ans à ce moment-là. « Et bien sûr, me dit Mme Andrée, à dix-sept ans on est encore un enfant, on ne se rend pas toujours compte de ce qu'on fait. » Et elle me raconte que ce qu'elle a fait sa sœur, c'est un enfant. Un enfant avec un soldat allemand. « Vous comprenez, monsieur Albert, qu'est-ce qu'elle savait de la guerre ? Elle n'y comprenait rien à la guerre. Elle n'a même pas fait attention à la couleur de l'uniforme. C'était son premier amoureux. Vous savez ce que c'est, ils se sont connus au bal et puis ils se sont revus. Ils ont découvert l'amour ensemble. Il était tout jeune lui aussi... dix-huit ans. Ils n'ont pas pensé à après. Et bien entendu quand les Américains sont arrivés, il s'est sauvé avec les autres. Il a eu peur... À son âge c'est normal. Et ma sœur s'est retrouvée toute seule avec un bébé de quelques semaines dans les bras. »

Mais qu'est-ce qu'elle me raconte

Mme Andrée, qu'est-ce qui lui prend ? On n'était pas bien, là, sans parler ? Qu'est-ce que c'est que cette guerre dont elle parle ? J'ai pas eu assez de ma guerre, il faut qu'on me parle de la guerre des autres maintenant ?

Mais l'histoire n'est pas encore finie. C'est même que le commencement. On en est seulement à la Libération.

« À la Libération, ma sœur a été tondue et on l'a fait marcher toute nue avec d'autres qui étaient toutes nues et tondues aussi. Et ma mère qui courait derrière avec un manteau pour couvrir sa fille malgré les cris des gens, pendant qu'à la maison mon père était muet de chagrin et que moi je tenais le bébé dans mes bras parce que j'avais peur pour lui. Le bébé du soldat allemand. Mon mari m'a dit qu'il ne voulait pas de ça dans sa famille et il m'a quittée. On a divorcé et je suis venue à Paris. À la maison maintenant, le bébé commence à marcher, c'est une petite fille... mon père, lui, il est resté muet... il a failli en mourir de honte. »

Et alors, il est pas mort son père ! Il y en a qui sont vraiment morts et pas qui ont « failli mourir » ! Elle en veut des noms de morts Mme Andrée ? On peut commencer par l'atelier : la femme et les filles de Charles, par exemple, et toute la famille de Maurice aussi,

67

celui qui justement lui a fait son manteau ! Qu'elle demande à « Bonjour-Bonjour » d'ouvrir sa valise, elle trouvera dedans toute une liste de morts ! Mais naturellement, je ne lui dis pas tout ça à Mme Andrée, parce que je vois bien les larmes qui lui coulent le long des joues et qu'elle ne prend même pas la peine d'essuyer tellement les mots sont difficiles à dire. Et là, je pense que je suis bien content de ne pas avoir choisi de restaurant juif, parce que, sûrement, j'y aurais rencontré quelqu'un de ma connaissance qui aurait eu — allez savoir — de quoi raconter le lendemain dans son atelier. Seulement, pourquoi j'aurais choisi un restaurant juif ? Qui a besoin d'un restaurant juif quand il y a tout ce qu'il faut à la maison ?

Mais c'est là que je commence à comprendre pourquoi Mme Andrée me raconte toute cette histoire du temps de la guerre.

Sa sœur, j'ai déjà oublié son nom, lui a envoyé une lettre. Et qu'est-ce qu'elle dit la petite sœur dans cette lettre ? Elle dit que c'est pas une vie de rester dans une ville comme Angers où tout le monde la connaît et qu'elle aimerait bien venir à Paris, où la vie est sûrement plus agréable mais où elle ne connaît personne à part sa grande sœur, pour travailler comme elle dans un atelier de confection, et qu'elle trouverait certainement un atelier où on aurait besoin de quelqu'un de courageux qui se mettrait vite au travail. Et Mme Andrée me fait la commission.

Pour une commission, ça c'est une commission ! Une commission qui me tombe dessus comme une morte-saison en avance d'un mois. Et brusquement, je comprends que je suis vraiment un imbécile parce que je crois comprendre en même temps pourquoi Mme Andrée a dit oui hier soir : « M. Albert, c'est une bonne poire, j'ai une sœur à placer et justement, il m'invite au restaurant pendant que sa femme est à Bruxelles avec ses enfants. D'autres en auraient profité pour demander une augmentation, mais moi je vais lui placer ma petite sœur qui a été tondue. »

Mais qu'est-ce qu'elles croient les sœurs ? Les cheveux ont repoussé et elle est oubliée la guerre ? On va chez le coiffeur, on se fait faire une mise en plis, et ça y est : « Laï, laï, laï, laï, tire tire l'aiguille ma fille » ?

Alors je lève la tête pour lui dire que c'est pas possible, que je ne peux pas, que je ne pourrai jamais faire ça sans que la honte me retombe dessus. Que je ne pourrai pas, malgré le temps qui ne s'arrête pas et qui parfois nous aide à oublier. Mais qui oublie ?

Mais je ne dis rien. Je ne dis rien parce que

Maria Montez a toujours les yeux pleins de larmes et pleins d'innocence aussi. Et voilà que j'ai envie de lui prendre les mains. Arrête ! Enlève ta main ! Tu es devenu fou ? Je regarde mes mains : elles n'ont pas bougé. Albert, occupe-toi de ta viande plutôt. Comment elle est la viande ? Comme une viande. Alors ? Alors l'air que j'avais dans les poumons s'est bloqué et empêche toute nourriture de poursuivre son chemin et que c'est un dîner gâché.

Et voilà. On fait de son mieux pour passer une bonne soirée bien tranquille parce qu'une vie ne dure pas cent ans, et une lettre arrive d'Angers et c'est juste à moi qu'on annonce les bonnes nouvelles.

Bon, on s'est souhaité une bonne nuit et à demain, elle est partie de son côté et moi du mien.

Sur l'autre côté du boulevard, des gens, debout sur le trottoir, écoutaient un petit orchestre, qui dans un café jouait une chanson de Pierre Dudan. Pour rentrer, j'ai coupé par la rue Béranger, et là, peut-être parce que je me sentais mieux, je me suis mis à siffloter.

Je suis resté un bout de temps devant la porte à chercher ce que je sifflais dans la rue. Au moment de mettre la clef dans la serrure, la minuterie s'est éteinte et en même temps me sont revenues les paroles de la chanson :

La vie me raconte une histoire
De péché, d'amour et de châtiment.
Et parfois la vie me raconte
une histoire sans dénouement[1].

J'ai rallumé et je suis rentré à la maison.

Le lendemain, Léa est revenue avec les enfants et du chocolat belge. Au lit, le soir, elle a raconté son voyage. Elle a parlé de ceux qui manquaient, de ceux qui restaient et un peu plus tard, on s'est retrouvés comme on s'était retrouvés à la Libération quand on avait été trop longtemps séparés.

1. Poème de Louis Miller, traduit du yiddish par Charles Dobzinski.

« Chut ! chut !
Léon joue la comédie »

« Ne respirez pas, ne respirez pas... il faut que vous sachiez que c'est sérieux... votre cœur est... »

Léon avait son oreille collée sur la poitrine du mannequin placé au centre de l'atelier pour qu'on le voie mieux, et très vite, il s'est glissé derrière. Seule sa tête dépassait du dernier modèle de chez Wasserman qu'il venait de repasser.

« Vous voulez dire que c'est un cœur juif ?

— Oui, on peut l'appeler comme vous dites : un cœur juif. (Léon avait repris sa place, l'oreille toujours collée sur le cœur du mannequin.) Tel que vous me voyez, moi aussi j'ai le cœur malade... »

Léon s'était redressé et avait appliqué le mannequin sur sa propre poitrine, mais pas longtemps parce qu'il devait se donner la réplique :

« Vous aussi ? que voulez-vous... un cœur

juif parfois ça court comme un cheval et parfois ça marche au ralenti. Malgré tout, je
peux vous dire que c'est un cœur de fer,
parce que ce qu'il a vu ce cœur...

— Et vous ne vous êtes pas soigné ?... Vous
n'avez rien fait ?

— Comment "rien fait"? Si vous saviez
combien de médecins j'ai vu. Tous affirment
que le meilleur remède pour mon cœur c'est
le calme. Le calme, docteur ! J'ai besoin de
calme ! Pas d'énervements, pas de soucis, seulement du calme. Mais va demander à un
médecin un traitement pour obtenir du
calme dans ce monde ! »

Léon était comédien au PYAT[1]. Chaque
fois qu'il jouait dans une nouvelle pièce, on
pouvait être sûr qu'il allait rejouer la
comédie le lendemain à l'atelier.

Il y a longtemps déjà que Léon était monté
pour la première fois sur une scène.

En 1931, il avait dix ans, Léon était arrivé à
Paris pour retrouver son grand frère. Mais de
son frère il ne connaissait que le nom. Sa
mère, restée à Przytyk, en Pologne, lui avait
juste donné quelques affaires entassées dans
une valise. En sortant de la gare de l'Est,
il avait naturellement pris le boulevard
Magenta en direction de la République. En

1. Théâtre Yiddish d'Avant-garde de Paris.

regardant à gauche et à droite, à la hauteur de la rue de Lancry, il était brusquement tombé sur une affiche qui annonçait un spectacle du Théâtre Yiddish. Il a attendu là, assis sur sa valise, et avec la première personne qui s'est arrêtée pour lire le programme, il a engagé la conversation. Avec sa valise par terre et sa grande casquette sur la tête, Léon n'a pas provoqué une grande surprise en parlant yiddish. Cinq minutes plus tard, il s'est retrouvé au siège de la Ligue Culturelle Juive qui justement se tenait au 10 de la rue de Lancry, et c'est comme ça qu'à la fois il a trouvé l'adresse de son frère et fait la connaissance du Théâtre Yiddish que dirigeait déjà Kinman, celui qui a écrit *La Réforme*, la pièce dans laquelle Léon a joué hier soir.

Léon avait deux idoles : Maurice Schwartz et Raimu.

Maurice Schwartz était venu à Paris en 1938 avec sa troupe du Théâtre Yiddish de New York. Pendant des semaines on avait parlé du spectacle. Aujourd'hui encore, Léon posait son fer pour parler de Maurice Schwartz dans *Tévié le laitier*.

« À un moment de la pièce, expliquait Léon, le vieux Tévié accompagne une de ses filles, Hodel, à la gare. Il l'accompagne parce qu'elle va rejoindre son fiancé qui a été déporté par le tsar en Sibérie. À la gare, Tévié serre sa fille dans ses bras et il l'embrasse. Et comme il l'embrasse, on sait qu'il voit sa petite Hodel pour la dernière fois. Et brusquement, Maurice Schwartz, qui faisait le rôle de Tévié, s'est tourné vers le public et a donné la fameuse réplique :

" Savez-vous quoi, Reb Cholem Aleichem, nous voulons plutôt parler de quelque chose de gai : quoi de neuf sur la guerre ? "

« Et vous croyez qu'il pleurait, Maurice Schwartz ? Non, nous on pleurait ! Dans tout le Théâtre de la porte Saint-Martin, on entendait les gens se moucher. Ça c'est du théâtre ! À part Raimu, il n'y a pas un comédien capable de faire ça.

— Raimu, c'est pas un grand comédien », a dit Mme Paulette.

Léon qui venait de reprendre son fer l'a aussitôt reposé.

« Parce que vous savez quelque chose de Raimu ? Vous l'avez vu Raimu, déjà ? *La Femme du boulanger* ? Vous l'avez vu dans *La Femme du boulanger* ?

— Oui, j'ai déjà vu cette pièce.

— Madame Paulette, a répondu Léon, pour la centième fois : au cinéma on ne voit pas des pièces, on voit des films. Chaque fois vous parlez de pièces ! Les pièces, c'est au théâtre, c'est pas au cinéma qu'on les voit. D'ailleurs on dit : une pièce de THÉÂTRE, on ne dit pas une pièce de cinéma. Au théâtre, les acteurs sont sur une scène et si c'était permis, on pourrait se lever et aller les toucher. Et pourquoi on peut pas toucher les acteurs au cinéma, madame Paulette ? Parce que, au cinéma il y a un projecteur au fond de la salle qui envoie des images sur un écran blanc, et si jamais il nous prenait l'envie de nous lever pour toucher les acteurs, non seulement c'est pas permis non plus, mais tout ce qu'on aurait sous les doigts c'est de la toile. Seulement vous savez pourquoi c'est bien le cinéma ? Pour le souvenir. Quand un acteur meurt, il reste ses films. Et nos enfants et les enfants de nos enfants pourront encore savoir en allant voir *La Femme du boulanger* que Raimu c'est le plus grand des comédiens.

— Avec l'accent qu'il a, Raimu, il ne peut pas être un bon comédien, a encore dit Mme Paulette.

— Madame Paulette, a encore répondu Léon, est-ce que je vous dis qu'avec l'accent que vous avez, vous ne pouvez pas être une bonne finisseuse ? Ne vous fâchez pas, je l'ai pas dit. Je l'ai pas dit parce que ça n'a rien à voir. Mais avec Raimu justement ça a à voir. Ça a à voir parce que son accent, c'est la vérité et un comédien qui n'a pas la vérité, il aura beau marcher sur les mains ou grimper au plafond, ça ne sera jamais un grand comédien. Qu'est-ce que vous voulez que je vous dise, si vous n'allez pas au cinéma voir *La Femme du boulanger* qui est un FILM, c'est pas grave, personne n'ira le répéter à Raimu. Si c'est une pièce que vous voulez voir, une vraie pièce, allez au théâtre. On frappe les trois coups, le rideau se lève et le spectacle commence. Enfin... en principe. »

Léon avait dit « en principe », parce que l'expérience qu'il avait en tant qu'acteur du Théâtre Yiddish lui avait appris, en plus du reste, que ni les trois coups, ni le rideau qui se lève, ni même les premières répliques ne sont la garantie que la pièce est réellement commencée parce que naturellement, malgré les premières répliques, les gens dans la salle poursuivent leurs conversations et si quelqu'un — je veux dire un étranger — entrait à ce moment dans le théâtre, il pourrait penser que bien entendu il y en a qui sont obligés de donner quelques explications sur ce qui se passe sur scène à ceux qui ne comprennent pas le yiddish ou bien que c'est parce qu'il y a des choses à dire sur le décor ou sur les costumes. Mais si l'étranger comprenait le yiddish, il comprendrait vite que ce dont il est question n'a en général rien à voir avec ce qui se passe dans la pièce, au point qu'on peut se demander pourquoi le spectacle de la scène s'entête à vouloir commencer, alors que celui de la salle n'est pas terminé. Ce qui fait dire à Léon que la vraie concurrence pour le théâtre yiddish, c'est pas les autres théâtres, mais le public.

Mais le pire, c'est quand certains commencent à faire « Chut ! chut ! » — c'est en général la famille des comédiens. Alors les discussions qui commencent prennent une telle allure que les comédiens sont obligés d'arrêter de jouer et c'est seulement après quelques : « On est en liberté ! C'est plus la guerre ! J'ai payé ma place ! » ou encore : « Mon fils il était dans la Résistance ! » que le spectacle peut vraiment commencer.

Un jour, c'était le premier spectacle après la Libération, un comédien s'est cru intelligent. Il a tapé dans ses mains, s'est tourné vers le public, et espérant le faire taire, lui a crié : « Yiden ! Abi me zeyt zech[1] ! » Il avait raison : Abi me zeyt zech ! C'est vrai que les Juifs étaient surtout venus pour se retrouver. Toute la salle a applaudi et tous se sont mis à parler et à courir dans les rangées tellement ils étaient heureux de se voir.

Ce soir-là, parce qu'en plus il y avait un entracte, ceux qui n'habitaient pas le quartier ont été obligés, pour rentrer chez eux, de prendre un taxi.

1. « Juifs ! L'essentiel c'est de se voir ! »

Léon a dit une fois : « Le cinéma c'est le rêve et le théâtre c'est la condition humaine. » On l'a regardé parce qu'à l'atelier on n'entend pas souvent des choses que d'habitude on voit écrites dans les livres. Mais ça nous a donné à penser. Pour le cinéma, il avait raison. Rien qu'avec Maria Montez, Simone Simon ou Danielle Darrieux, pendant des années on pouvait rêver. Pour le théâtre, c'était plus compliqué à comprendre. La condition humaine au théâtre ? C'est vrai qu'on trouve toujours des gens qui donnent de l'argent pour voir des comédiens jouer des tragédies sur une scène. Chez les Grecs déjà, on dit que ça se passait comme ça.

Alors, je me pose une question : pourquoi l'endroit où Léon gagne sa vie c'est derrière la table de presse ? Parce qu'il n'est pas plus payé au PYAT que lorsqu'il fait l'acteur à l'atelier. Comédien juif, est-ce que c'est un métier quand au Théâtre Yiddish la morte-saison est bien plus grande que chez les confectionneurs ? Qui va remplir le Théâtre Yiddish après quelques représentations ?

Peut-être, c'est de la salle que Léon a voulu parler quand il a dit que le théâtre, c'est la condition humaine.

Simple question de bon sens

« Alors Léon, m'a demandé M. Albert, à quand le Bris[1] ?

— D'après le docteur, dans deux semaines à peu près...

— Le Bris ? a dit Jacqueline, c'est quoi le Bris ? »

Je lui ai expliqué, parce qu'elle veut toujours tout savoir, que c'était la circoncision et que traditionnellement ça se pratique huit jours après la naissance de l'enfant.

« Et si c'est une fille ?

— Si c'est une fille, ça ne m'empêchera pas de dire Mazel-Tov[2] et de venir à l'atelier avec un gâteau et une bouteille de slivowitz.

— Alors tous les Juifs sont circoncis ? a continué Jacqueline qui voulait en savoir plus.

1. Se prononce *Briss.*
2. Bonne chance. Vœu de félicitations lors de mariages, naissances, etc.

— Ça dépend des parents, mais en général oui, on peut dire que tous les garçons juifs sont circoncis.

— Mais ça doit faire mal !

— Ça, je m'en souviens pas. Mais vous savez Jacqueline, c'est la plus grande douleur que je souhaite à un enfant. Un enfant, quand ça tombe ou quand ça se coupe et qu'il saigne, on lui fait un pansement, on lui donne un bonbon et il arrête de pleurer. Là, c'est pareil : on lui fait un pansement, la mère lui donne son lait et il arrête aussi de pleurer.

— Mais qui est-ce qui fait ça ? a demandé Mme Andrée.

— Maintenant, ça se fait de plus en plus à la clinique, mais le plus souvent, c'est encore un mohel, c'est-à-dire quelqu'un qui est un peu rabbin mais surtout un spécialiste de la circoncision.

— Et pendant la guerre, ça se passait comment ? a encore demandé Mme Andrée.

— En général, je ne sais pas. Mais pour mon fils ça s'est bien passé. Le mohel est venu chez la voisine qui nous avait hébergés parce que Sammy est né le 10 juillet 42, c'est-à-dire six jours avant la rafle du Vel' d'Hiv. La circoncision a eu lieu dix jours après parce que c'était dangereux de traverser Paris pour un Juif, surtout pour le mohel qui avait une barbe qui se voyait de bien plus loin qu'une étoile jaune cousue sur le vêtement.

— Mais vous étiez fou ou quoi ? Jacqueline tout à coup s'énervait après moi. Puisqu'on reconnaît paraît-il les garçons juifs à ça, qu'est-ce qui vous a obligé à le faire circoncire ? Je ne sais pas moi... C'est... c'était du suicide... Je comprends pas.

— Justement, j'ai dit, c'est parce qu'on ne savait pas ce qu'on allait devenir qu'il fallait qu'il soit très vite un Juif. »

J'aurais voulu expliquer mieux, mais c'était compliqué. Il aurait fallu que j'explique que c'était un peu comme un défi, que c'était pour moi la même chose quand un peu plus tard je suis rentré dans la Résistance avec l'UJJ[1]. Il aurait fallu que j'explique que c'est justement parce qu'il y avait danger de mort que le mohel voulait accomplir l'acte qui fait d'un enfant un Juif. Et que c'est parce qu'il y avait ce danger que je voulais que la vie de Sammy, aussi brève qu'elle risquait d'être, soit d'abord l'existence d'un Juif.

Mais tout ça, bien sûr, parce que c'était compliqué je ne l'ai pas dit. J'ai seulement dit :

« Vous savez, j'ai jamais eu honte d'être juif, moi ! »

1. Union de la Jeunesse Juive.

J'ai vu que M. Albert levait les yeux pour voir si je regardais bien Mme Paulette.

Il a pu voir que je la regardais.

Après, il y a eu un petit silence avant que Mme Andrée me pose la question sur le travail supplémentaire que Fanny allait avoir avec un enfant de plus.

« On a décidé de mettre Sammy à l'école maternelle.

— Il est déjà au courant ? a dit Charles qui pourtant ne participait jamais aux discussions.

— Bien sûr, qu'il est au courant, j'ai répondu. On lui a expliqué qu'il était grand maintenant et que tous les enfants de son âge allaient déjà à l'école et comme il est intelligent, il a tout de suite compris.

— Grand ! Est-ce qu'on dit à un enfant qu'il est grand ? On ne dit jamais à un enfant qu'il est grand ! Un enfant n'est jamais grand ! Un enfant c'est un enfant ! Qu'est-ce que ça a à voir l'intelligence avec un enfant tant qu'il ne sait pas encore ce que c'est l'intelligence ? Il y a une chose qu'un enfant sait : c'est qu'il ne veut pas grandir et que son père et sa mère s'occupent de lui et seulement de lui !

— Mais Charles, il faut bien apprendre à un enfant des choses comme d'être responsable. Moi à quatre ans...

— Toi, à quatre ans tu avais un grand frère et des grandes sœurs (c'est la première fois que Charles me disait : tu), un enfant n'est pas responsable parce qu'il ne veut pas être responsable ! Il n'y a qu'un responsable, c'est son père et sa mère. Il est propre la nuit, ton fils, Léon ? Oui ? C'est bien. Mais prépare-toi quand même à lui changer les draps le matin. Qu'est-ce que ça veut dire grand ? Yinguelè[1] tu vas aller à l'école comme un grand pour apprendre à lire comme un grand. Et tu vas manger ta viande tout seul comme un grand. Tu vas attacher tes lacets comme un grand et tu vas t'essuyer le derrière comme un grand et pendant que tu seras à l'école pour devenir plus intelligent, ta petite sœur qui restera à la maison va boire tout le lait de ta maman et ta maman va être fatiguée. Alors il faut être raisonnable parce que ta maman ne pourra plus s'occuper de toi... tu comprends... ne plus s'occuper... »

Charles s'est brusquement arrêté de parler. On aurait dit que les plis de son visage s'étaient creusés. Comme deux chemins tracés pour permettre aux larmes de couler. Mais Charles ne pleurait pas, il s'était seulement remis à coudre à la machine.

1. En yiddish, terme affectueux pour dire : petit garçon.

Le travail, je ne connais rien de mieux pour changer les idées.

Là-dessus, tout le monde est d'accord. Qu'est-ce qu'il y avait d'inscrit à l'entrée des camps : « Arbeit macht frei. » En France on dit que le travail c'est la santé et ce qu'on dit en yiddish, on pourrait le traduire à peu près par : « Le travail le plus difficile, c'est quand il n'y a pas de travail. »

En tout cas, si par hasard je m'étais demandé de quoi je pourrais parler avec Fanny ce soir, Charles venait de me donner un bon sujet de conversation. Mais dire que c'est le genre de conversation que j'aime avoir avec Charles, ça on ne peut pas.

Un jour, Betty traînait un peu à l'atelier avec une tartine de pain, comme elle fait souvent après l'école et comme c'était juste après la colonie de vacances, Jacqueline lui avait demandé de chanter une chanson de la colonie. Bien entendu, à la CCE[1] on ne leur avait pas appris, aux enfants, à chanter les

1. Commission Centrale de l'Enfance. Organisme créé avant la Libération par l'Union des Juifs pour la Résistance et l'Entraide (UJRE) dont la tâche était essentiellement la sauvegarde des enfants juifs.

chansons de Tino Rossi, aussi Betty a chanté une chanson en yiddish :

> *Es hot di kleyne Tsipelè*
> *Farbisn zich a lipelè*
> *— Tsipelè, vos veynstu ?*
> *An apelè, dos meynstu ?*
> *— Neyn, neyn, neyn,*
> *Ver zogt dos, az ich veyn*[1] *?*

Pour chanter, Betty s'était appuyée sur la machine de son père, pas très loin de Charles qui comme Maurice s'était arrêté de piquer à la machine pour ne pas faire de bruit. D'ailleurs, à part Mme Paulette, bien sûr, tout l'atelier s'était arrêté de travailler. M. Albert, lui, essayait de tracer un vêtement sur un matelas de tissus, mais c'était surtout pour occuper ses mains et il suffisait de les voir trembler pour savoir que le petit bout qui chantait était la prunelle de ses yeux.

À la fin de la chanson, Charles, comme il fait souvent, a essuyé ses lunettes puis il a avancé sa main vers Betty. Il a caressé — non, pas caressé —, il a seulement touché du bout

---

1. *C'est la petite Tsipelè*
qui mord sa petite lèvre.
— Tsipelè, pourquoi pleures-tu ?
Est-ce une pomme que tu veux ?
— Non, non, non,
Qui ose dire que je pleure ?

des doigts la tresse blonde qui reposait sur l'épaule de Betty. C'est à ce moment que le visage de Mme Andrée est devenu aussi blanc que la neige en Pologne. Alors j'ai applaudi. J'ai applaudi parce que c'était ce qu'il y avait de mieux à faire. Les autres aussi ont applaudi parce que c'était ce qu'il y avait de mieux à faire. Jacqueline a demandé ce que voulaient dire les paroles et comme Betty ne savait pas, j'ai traduit. « C'est joli », a dit Jacqueline, et elle a embrassé Betty.

Bien sûr que c'est joli. À part les chansons de Renée Lebas, je ne connais rien d'aussi beau qu'une chanson en yiddish. C'est beau et souvent c'est triste, ou peut-être même c'est parce que c'est triste que c'est beau.

Au Théâtre Yiddish déjà, dès que sur scène on se met à chanter, les gens dans la salle pleurent. Pas seulement à cause des paroles comme on pourrait croire, bien que des chansons tristes en yiddish on en a tout un répertoire, non, à peine les premiers mots sont sortis de la bouche que déjà les mouchoirs sortent des sacs à main. Bon, je vais pas commencer à expliquer.

On peut dire qu'un atelier c'est aussi un peu comme un théâtre, avec cette différence qu'à l'atelier on est tous sur la scène, qu'on a chacun toujours le même rôle dans la même pièce et qu'on n'a pas eu besoin de répétitions pour la jouer.

Au Théâtre Yiddish, il n'y a que dans *Le Gros Lot* de Cholem Aleichem que je suis aussi dans un atelier, sauf que là, je ne suis pas presseur comme ici, je joue le rôle de Motel, un des deux apprentis. Déjà avant la guerre je jouais Motel, mais comme on n'a pas trouvé de jeune garçon parlant assez bien le yiddish pour monter sur scène, j'ai repris le rôle. Mais ça n'a pas d'importance, parce que Cholem Aleichem, les mots qu'il écrit il n'y a plus qu'à les dire.

Betty, après avoir été embrassée par Jacqueline, a tout naturellement fait le tour de l'atelier pour tendre ses joues.

« Bon, va faire tes devoirs maintenant », a dit M. Albert, et il l'a poussée un peu vite vers la cuisine parce qu'il y avait un grand silence dans l'atelier. Mais pas un silence comme il y en a des fois après les grandes disputes et pas non plus un silence comme il y en a en pleine saison quand on se tait uniquement à cause du travail. Non, c'était seulement un silence comme il y en a maintenant de temps en temps dans les ateliers de confection.

C'est ce moment qu'aurait dû choisir pour arriver, Isy le brocanteur, le frère de Mme Léa. De derrière la porte on entend chaque fois : « Écoute ! Écoute ! » et en pénétrant dans l'atelier il nous raconte la dernière histoire de Roger Nicolas avant même de nous dire bonjour. Mais il ne fallait pas compter sur lui aujourd'hui parce que c'est le matin en général qu'il schnorre[1] dans les cours, comme dit M. Albert.

J'attendais que Jacqueline dise un mot parce que souvent, en parlant de choses ou d'autres, elle avait sauvé des situations délicates. Là, elle s'est contentée de fredonner. Aussi, je me suis dit que si Jacqueline n'avait rien trouvé à dire pour changer le cours de nos pensées, c'est peut-être qu'elle se demandait si elle avait eu une bonne idée en demandant à Betty de chanter. Et puis, j'ai reconnu *La Romance de Paris* de Charles Trenet, alors je me suis mis à siffler. Doucement d'abord, et puis plus franchement pour qu'on m'entende et Jacqueline aussi s'est mise à chanter plus franchement parce que finalement, à part le travail, chanter c'est ce qu'on peut faire de mieux quand les mots sont trop difficiles à dire.

Pour en revenir à la discussion du début — je veux dire la discussion sur la circoncision —, un moment j'ai cru que Jacqueline avait encore quelque chose à demander parce que

---

1. Schnorrer : mendiant, quêteur (souvent professionnel).

je voyais sa main qui de temps en temps s'arrêtait entre deux points. Mais c'est de Mme Andrée qu'est venue la question :

« Monsieur Léon, pourquoi vous avez voulu avoir un enfant en pleine guerre ?

— Pourquoi on a voulu ? Est-ce qu'on a vraiment voulu ?... Vous savez bien, madame Andrée, pour ne pas avoir d'enfant, le meilleur système en général, c'est encore de faire chambre à part. Un moment avec Fanny, mais c'était déjà après la naissance du petit, on a même fait " ville à part ", et forcément ça diminuait les risques. Autrement, c'est une question de bon sens.

— De bon sens, s'est étonnée Jacqueline, qu'est-ce que ça a à voir avec le bon sens ?

— Je vais vous dire, Jacqueline. Quand Fanny s'est retrouvée enceinte, son père était furieux. Pas parce qu'on n'était pas mariés, mais justement parce que déjà des Juifs avaient été envoyés aux camps de Pithiviers et de Beaune-la-Rolande. Et aussi à Drancy. Pourtant, je me souviens, quand avec Fanny on l'a annoncé à ses parents, on était très fiers et on se tenait par la main comme sur les affiches qu'on voit en ce moment sur les murs. D'abord son père n'a rien dit, parce que bien sûr, c'est pas quelqu'un qui avait l'habitude de parler de ces choses-là. Et puis, il a commencé à marcher de long en large et brusquement il s'est arrêté en face de moi et il m'a dit : "Léon, moi, toute ma vie, pour aller à République, je suis descendu à Oberkampf ! " Voilà, Jacqueline, descendre à Oberkampf, c'est ça le bon sens. »

L'avenir de nos enfants

On n'apprend jamais assez tôt à devenir intelligent.

L'autre jour, un livreur est rentré dans la cour avec un gros paquet sur le dos. Je le voyais par la fenêtre de derrière ma table de coupe. C'est quand il a déposé le paquet par terre qu'on a pu voir qu'il y avait un livreur dessous. Quand il a retiré sa casquette, j'ai cru que c'était pour s'essuyer le front, mais de sur sa tête où il n'y avait plus un cheveu, il a décollé un morceau de papier. Il y avait un nom dessus : le mien. Je l'ai su parce qu'un peu après il a sonné à la porte. Il apportait des doublures de chez Wasserman. Quand je l'ai vu se tordre les reins pour reprendre le paquet, j'ai pensé que c'est pas sur sa tête mais dans sa tête qu'il aurait dû écrire mon nom. Mais il avait sûrement des faux plis dans la tête qui empêchaient les noms de s'inscrire dedans. Et ces faux plis-là, c'est pas en posant un fer chaud dessus qu'on les supprime.

De Joseph, celui qui pendant quelque temps avait remplacé Léon à la presse, on ne peut pas dire qu'il a des faux plis dans la tête. Les faux plis, lui il en fabriquait, et plutôt là où il ne fallait pas, c'est-à-dire sur les vêtements. C'est pourquoi en tant que presseur, il lui arrive d'être libre, même en pleine saison. Et comme j'ai toujours pensé, on ne peut pas être à la fois dans les études et à l'atelier.

Joseph, il vient encore chaque semaine à la maison. Il donne des cours à Raphaël. C'est pas que Raphaël en a vraiment besoin, mais avec Léa, quand Léon est revenu à l'atelier, on n'a pas eu le cœur de renvoyer Joseph tout à fait, même si on lui avait dit tout de suite que la place était provisoire.

C'est « Bonjour-Bonjour » qui nous avait parlé de lui la première fois en disant qu'il avait son bachot. Mais c'est quand elle a dit à Léa que c'était un fils de déportés qu'on l'a pris à l'essai. Sinon, qui a besoin d'un savant derrière une table de presse ? Parce que de Joseph, on peut vraiment dire qu'il est savant.

Juste un exemple : une fois, Mme Sarah, après avoir placé quelques savons à l'atelier, était venue comme d'habitude dire son

« Bonjour-Bonjour » à Léa dans la cuisine. Comme il faisait très chaud ce jour-là, Léa lui avait offert, au lieu du verre de thé habituel, un verre de bière. Elle a vidé son verre d'un coup, sans respirer, parce que, comme j'ai déjà dit, il faisait très chaud. Seulement, quand elle a reposé son verre sur la table, comme si elle avait honte de son plaisir, elle a dit en yiddish : « De la pisse ! »

Peut-être que la bière n'était pas vraiment fraîche, mais c'était pas très gentil et Léa, depuis, ne lui propose à nouveau que du thé.

Joseph, quand on lui a raconté, ça l'a amusé. Et il a expliqué :

« Je crois que Mme Sarah, depuis que son mari a été déporté, a décidé une fois pour toutes qu'elle n'aurait plus aucun plaisir dans sa vie. Dire que quelque chose est bon, pour elle, c'est accepter l'idée que la vie est à nouveau devenue normale, avec des choses qui sont bonnes et d'autres qui le sont moins. Et puis il y a aussi peut-être encore autre chose. Mme Sarah et son mari, les plaisirs qu'ils prenaient étaient des plaisirs pris ensemble. Jamais certainement elle n'avait goûté quelque chose sans le partager avec son mari ; et quand elle a dit que la bière avait mauvais goût, c'était ni par méchanceté, ni par hypocrisie vis-à-vis d'elle-même, même si la bière était fraîche. Je crois seulement que pour elle maintenant, les choses auront toujours le goût de l'amertume. »

J'ai aussitôt pensé que c'est pas les cours que Joseph donne à Raphaël qui feront de Raphaël un imbécile. On pouvait même avoir des beaux projets d'avenir pour lui. Et que peuvent faire de mieux des parents que d'avoir des projets d'avenir pour leurs enfants ?

Léa voudrait bien que Raphaël devienne un artiste mais moi je ne suis pas d'accord. C'est pas que Raphaël ne dessine pas bien, au contraire. À onze ans déjà, il avait fait à la peinture *Le Renard et le Corbeau*. Le corbeau, on le voyait deux fois : une fois dans un arbre et l'autre dans un lac, mais à l'envers, parce que ce qu'on voyait dans le lac, c'était le reflet. Si vous aviez vu le lac qu'il a fait, on pouvait presque se voir dedans. Non, moi si je ne suis pas d'accord c'est parce que devenir artiste, c'est pas un bon projet d'avenir. C'est pas un bon projet d'avenir parce que, en général, quand on entend parler d'un peintre, c'est qu'il est déjà mort. Et avant qu'il soit mort, il passe sa vie à schnorrer.

La semaine dernière, M. Schiffman, celui qui nous a abonné à *Droit et Liberté* et qui fait aussi la collecte pour la kermesse, est venu à l'atelier pour vendre des tableaux d'artistes juifs. Mais la discussion a mal commencé parce que tout de suite il a attaqué en disant que c'était un très bon placement.

« Pourquoi vous me parlez de placement, j'ai répondu, vous croyez que je ne suis pas capable d'acheter un tableau seulement parce qu'il me plaît ?

— Je parle de placement parce que malheureusement, de leur vivant, les peintres vendent peu et pourtant après leur mort, leurs tableaux, souvent, valent une véritable fortune.

— Bon. Alors expliquez-moi une chose, monsieur Schiffman, pourquoi les peintres, ils ne font pas des tableaux qui se vendent de leur vivant ? Est-ce que je fabrique, moi, des vêtements qui ne se vendront qu'après ma mort ?

— Parce que, il m'a répondu, en général les artistes sont en avance sur leur temps, et qu'on ne sait pas toujours apprécier ce qu'ils font au moment voulu.

— Alors dites-moi encore : s'ils sont aussi intelligents vos artistes, pourquoi ils ne font pas de tableaux en avance, et de temps en temps un tableau juste à l'heure qui pourrait leur permettre de vivre ?

— Justement, là j'ai aussi des tableaux qui sont juste à l'heure comme vous dites.

— Vous me prenez pour un imbécile, monsieur Schiffman ? À l'instant vous me parlez de tableaux qui un jour coûteront une fortune et vous voulez me placer un tableau qui n'a pas d'avenir ? »

J'ai profité du moment où M. Schiffman cherchait une réponse pour lui demander pourquoi les peintres avaient besoin d'un représentant qui en plus ne touchait sûrement pas de commission.

« Un peintre, il a répondu, quand il peint, il peint. Il ne s'occupe pas de la vente.

— Et pourquoi ? Il fait du stock ? Il a personne pour le conseiller ? Un artiste ça ne sait pas faire des comptes ? Vous savez ce que vous devriez faire monsieur Schiffman ? Vous...

— Je sais très bien ce que j'ai à faire, monsieur Albert. Qu'est-ce que vous croyez ? Qu'un artiste a besoin de nos conseils ou de notre pitié ? Un artiste fait ce qu'il a pour devoir de faire et un peuple comme le nôtre a pour devoir d'encourager ses artistes. Regardez bien ces tableaux, monsieur Albert, ils sont signés Szrajer, Kirszenbaum, Glatzer, Borvine-Frenkel, et regardez ce qu'ils racontent : ils racontent ce que vous ne verrez plus. Et vous ne le verrez plus parce que ça n'existe plus. Et si vos enfants veulent un jour savoir à quoi ressemblait une vie juive en Pologne, ils le sauront peut-être par vous si vous avez encore envie d'en parler. Mais ils le sauront plus encore grâce aux artistes qui avec leur talent savent nous parler du passé. C'est pas un Picasso que je vous demande d'acheter, pas seulement parce que vous n'auriez pas les moyens...

— Pourquoi ? C'est cher Picasso ?

— Exactement, je ne peux pas dire. Peut-être... dix millions.

— Dix millions ? »

Je me suis aussitôt demandé, comme les peintres sont aussi payés à la pièce, combien Picasso pouvait peindre de tableaux par mois.

Bien sûr, pour finir j'ai acheté un tableau. Avant, M. Schiffman m'avait aussi expliqué que je pouvais en avoir un en échange d'un costume. Mais je n'ai pas voulu. Je n'ai pas voulu pas seulement parce qu'en pleine saison j'ai jamais le temps de faire de la mesure pour hommes, mais ça me gênait. J'ai préféré payer et j'ai choisi un tableau de Borvine-Frenkel. Ça représente un Juif qui court dans la neige avec une contrebasse portée sur le dos comme un enfant grandi trop vite. Il y a un village au fond, mais il lui tourne le dos.

Pour deux cents francs de plus, je suis aussi devenu adhérent au cercle des « Amis de l'artiste juif » bien que j'étais déjà énervé. J'étais énervé parce que depuis le début je savais déjà que j'achèterais un tableau, et qu'en plus il faudrait que j'explique à Léa que j'avais fait une bonne affaire.

Mais Léa n'a rien dit. Elle a même dit que ça fera un bon modèle pour Raphaël et on a accroché le tableau dans la salle à manger. Comme ça si j'avais eu l'idée de vouloir oublier à quoi ressemblait un shtetl[1], je ne pourrais plus.

Raphaël n'a pas encore fait le dessin du tableau. Léa pense que lorsqu'il le fera, personne ne pourra dire qui a copié sur l'autre.

Le soir même où on a accroché le tableau, on a parlé de l'avenir des enfants. Celui de Raphaël surtout parce que c'est un garçon. Je lisais le journal bien que Léa n'aime pas quand je lis le journal au lit, mais je ne sais pas m'endormir sans avoir des nouvelles du monde.

« Il faut regarder la vie en face, a dit Léa. Raphaël, c'est un artiste.

— On peut regarder la vie en face avec un bon métier dans les mains. C'est pas interdit.

— Tu veux qu'il soit tailleur comme toi ?

— Avec toi, c'est tout de suite artiste ou tailleur !

— Non, a répondu Léa. Moi, ce que je

1. Village d'Europe de l'Est à forte population juive.

veux d'abord pour mes enfants, c'est qu'ils soient heureux.

— Justement, j'ai dit, pour que les enfants soient heureux, il leur faut un bon métier. Surtout un garçon. »

Quand on a éteint, Raphaël avait déjà gagné sa vie dans tellement de métiers qu'il n'aurait pas eu assez de deux vies pour les apprendre tous.

« Je crois qu'il y a déjà eu un peintre qui s'appelait Raphaël, a dit tout à coup Léa après un moment de silence.

— Tu recommences déjà ? Qu'est-ce que je peux savoir et qu'est-ce que ça change ?

— Ça change, a dit Léa, que ça peut lui porter chance, et pour savoir, on peut regarder dans le dictionnaire des enfants. »

Je savais que la discussion ne pouvait ni s'arrêter ni continuer si je n'allais pas voir dans le dictionnaire, alors je me suis levé. J'ai pas allumé chez les enfants pour ne pas déranger leur sommeil, mais avec la lumière qui venait du couloir, à leur tête, j'ai pu voir que ni Betty ni Raphaël ne se faisaient du souci pour leur avenir.

J'ai rentré le pied de Betty qui dépassait de la couverture, elle s'est retournée de l'autre côté et j'en ai profité pour l'embrasser. Et, à la fois tout bas pour ne pas la réveiller et assez

fort pour qu'elle m'entende, je lui ai dit :
« Schlouf, maydelè[1]. »

J'ai attendu que sa respiration soit aussi calme que celle de Raphaël avant de chercher le dictionnaire que j'ai été regarder à la cuisine en prenant un verre d'eau.

« Ton Raphaël, il est mort à trente-sept ans, j'ai dit à Léa en rentrant dans le lit. Alors une chance comme ça, elle peut rester dans le dictionnaire. Maintenant, comme c'est pas demain matin le dernier délai pour décider, on va dormir, si tu veux bien. Comme ça tu pourras peut-être faire un rêve normal et plus des rêves plus grands que les nuits. Alors, bonne nuit ! »

Dire que je me suite vite endormi, on ne peut pas, parce que j'ai continué à discuter avec Léa mais dans ma tête. C'est les meilleures discussions parce que lorsqu'on a tort on est le seul à le savoir. Naturellement, petit à petit on devient plus calme et c'est alors le moment où on se met à penser vraiment.

À quoi peut-on penser vraiment ? À qui j'ai pensé vraiment ? Aux enfants bien sûr, et à l'avenir qu'on rêve pour eux... À Joseph, qui s'occupe tout seul de son avenir... Au musicien juif qui court dans la neige... Pourquoi il est tout seul ? Où sont les autres ? Ceux du

1. Dors, petite fille.

101

village ? Le village... On n'écrivait même pas. Juste pour Roch-Hachana[1] et la naissance des enfants... Peut-être que les enfants poseront des questions avec le tableau maintenant accroché dans la salle à manger. Mais qu'est-ce qu'on peut répondre ? Quand on allume les bougies pour le Your-Tsaït[2], ils regardent et ne disent rien. On fait les choses mais on n'explique pas.

« Tu dors ? j'ai demandé à Léa.

— Non, elle a dit. Et toi, à quoi tu penses ?

— Je pense qu'il est tard, j'ai répondu, et que c'est justement demain matin qu'il faut livrer le travail à Wasserman. »

1. Le Nouvel An.
2. Anniversaire d'un décès.

« Merci,
monsieur le commissaire ! »

Il y a des vérités qu'on ne peut pas toujours se cacher.

Supposons que vous vous apprêtiez à boire un verre de thé et que vous le renversiez sur la table : on pensera que vous êtes simplement maladroit. Supposons maintenant que ce même verre de thé, vous le renversiez non plus sur la table, mais sur votre pantalon et que, en plus, ce thé soit brûlant : vous êtes alors un shlcmazel.

Je suis un shlemazel. Je le sais exactement depuis le jour où j'ai mis les pieds dans un atelier. Pour être plus précis, depuis le jour où j'ai mis les pieds dans un atelier pour y travailler. D'emblée, on m'a installé à la machine — une Singer 31 K 15 — pour faire de moi un sous-mécanicien. Le sous-mécanicien, c'est celui qui coud les doublures, assemble le dos et les manches, et prépare le dessous de col et les pattes de poches. Le mécanicien, lui, monte la pièce. C'est pour ça d'ailleurs qu'il est payé à la pièce alors que le sous-mécanicien n'est payé qu'à la semaine.

Dans un atelier, en même temps qu'apprendre à travailler, on apprend à gagner du temps. Aussi, quand on monte les doublures, par exemple, on assemble d'abord toutes les manches et puis tous les dos, et puis les devants avec les dos. Et puis, toujours dans ce même souci de gagner du temps, et aussi parce que c'est plus pratique, on laisse chaque paire de manches reliée entre elles par le fil à coudre.

Le lundi d'après ma première paye, j'ai cru intelligent, afin d'économiser les gestes, d'accrocher les manches des doublures sur la suspension électrique placée juste au-dessus de ma machine à coudre. Quand, à la fin de l'après-midi, on a allumé l'atelier, je ne me suis pas tout de suite rendu compte que l'éclairage était moins efficace que d'habitude, et j'ai, tout à fait normalement, continué mon travail de sous-mécanicien.

Brusquement, l'atelier est devenu lumineux et particulièrement au-dessus de ma tête. J'ai regardé en l'air parce que j'ai tout d'abord cru à un changement de tension : la chaleur de la lampe s'était communiquée à l'abat-jour métallique et avait percé la doublure. Et c'est par les trous que la lumière venait de se frayer un passage. J'ai jeté un œil rapide vers le patron : la grande clarté qui illuminait maintenant l'atelier ne semblait pas avoir atteint son regard. Il est resté un moment sans réaction, puis, tristement, il a seulement dit : « Joseph, ziz mir finster far di oygn[1]. » Après, comme je n'osais plus bouger, il m'a dit à peu près : « Qu'est-ce qu'il y a ? On brûle les doublures et on croit que le travail est fini ? C'est ça l'apprentissage, Joseph. C'est comme la vie. Cette bêtise-là, tu ne la feras plus. Mais malheureusement pour moi, tu en feras d'autres. »

Il avait raison.

En général, on nettoie chaque fin de semaine sa machine à coudre et en particulier les pièces qui se trouvent autour de la canette car c'est là que se dépose la poussière de tissu. On soulève donc la tête de machine et on l'appuie sur une sorte de taquet en bois placé juste derrière.

Pourquoi n'y avait-il pas de taquet le jour où, croyant bien faire, j'ai soulevé la tête de machine pour la nettoyer ? Je n'ai jamais eu le temps de le savoir. Entraînée par son poids, et avant que j'aie pu faire quoi que ce soit pour la rattraper, la tête de la machine a

---

1. « Joseph, il fait sombre devant mes yeux. »

basculé de l'autre côté de la table et elle est tombée sur le parquet.

Mon patron, cette fois encore, est d'abord resté muet. Mais plus longtemps que la première fois parce qu'une 31 K 15 ne se remplace pas aussi facilement que des doublures de manches.

Là encore, je n'osais plus bouger et je me demandais qui allait défaillir en premier : lui ou moi. C'est quand j'ai eu l'impression qu'il allait finalement dire quelque chose qu'on a frappé violemment à la porte.

« C'est l'antisémite du dessous », a dit mon patron.

C'est comme ça qu'il avait surnommé le voisin du dessous, parce qu'un jour il l'avait entendu dire que la maison était plus tranquille « avant ».

La visite de l'antisémite a été ma chance car c'est sur lui que mon patron a déversé sa colère.

Comme l'avenir c'est d'être payé à la pièce, c'est comme vrai mécanicien que je me suis présenté dans le deuxième atelier. Mais dès le premier soir, le patron, après avoir jeté un coup d'œil sur mon travail, m'a pris à part. « Bon, il a dit, tu assembles le vêtement, mais tu me laisseras monter le col et les manches. » Ensuite, il a fixé mon tarif, et pendant quelques semaines, ça s'est passé comme on avait convenu. Et puis, est venu le jour où M. Zaidman, mon patron, en accrochant une pièce sur le mannequin, après avoir toussé, m'a simplement dit : « Tu sais, Joseph, les femmes boutonnent toujours leurs manteaux du même côté. Même en pleine saison. »

Pour mieux comprendre, je suis allé voir le manteau sur le mannequin : j'avais fait les trois boutonnières passepoilées du mauvais côté.

« On peut le faire stopper ? » j'ai demandé.

Il m'a regardé sans répondre. J'en ai profité pour remarquer que mes bêtises, qui auraient normalement dû déclencher des colères, laissaient en général mes patrons plutôt silencieux. Ce n'est pas qu'ils cherchaient leurs phrases : simplement ils se taisaient.

Aussi, à cause du silence de M. Zaidman, je n'ai pas poursuivi la discussion. Pourtant, il me semblait bien que j'avais fait les boutonnières là où elles étaient tracées.

Je suis allé chez le fournisseur chercher un autre coupon de tissu pour remplacer le devant sans comprendre la raison de mon erreur. La réponse est venue sans prévenir. Elle nécessite une explication.

Lorsqu'il coupe un vêtement, un coupeur trace toujours à la craie l'emplacement des pinces, des poches et des boutonnières. Et il arrive qu'en posant une partie de vêtement sur une autre, c'est sur cette autre partie que la craie se dépose. Malheureusement, ça je l'ai seulement compris le jour où, pour cette même raison, j'ai fait une poche dans un dos.

Il a bien fallu considérer la situation du point de vue de M. Zaidman, et comme je ne pouvais pas toujours compter sur sa patience, j'ai décidé de devenir presseur. C'est comme ça qu'un jour, grâce à Mme Sarah, j'ai débarqué dans l'atelier de M. Albert.

Ce qui suit tout de suite après, jusqu'au retour de Léon, vous le savez déjà. « Dans la vie, il faut garder les yeux ouverts », m'avait dit M. Albert le soir dans sa cuisine. J'ai alors fait dans ma tête le compte de tous mes ateliers, et, d'accord avec lui, j'ai rendu sa place à Léon.

Par la même occasion, j'avais aussi appris une chose dont je suis maintenant tout à fait certain : c'est que, lorsque la morte-saison arrive, de tous les ouvriers employés dans la confection pour dames, je suis toujours le premier tenu au courant.

Si j'ai raconté toutes ces histoires, c'est parce qu'elles précèdent une autre histoire qui est surtout celle que je voudrais raconter. Une histoire qui, même si elle n'a l'air d'avoir aucun rapport avec les histoires précédentes, en est pourtant très proche. Alors voilà.

Au départ, il y a d'abord un vœu, un souhait. Ou, plus exactement, une volonté qui correspondait je crois à un choix : celui de mes parents qui, lorsqu'ils ont quitté la Pologne, ont choisi de vivre en France. Cette volonté est à l'origine de la démarche qui m'a amené rue du Mont-Cenis, au commissariat du XVIIIe arrondissement de Paris (celui de mon domicile) afin de demander, maintenant que la guerre est finie, la nationalité française. Nationalité qui aurait peut-être permis à mes parents d'échapper, le 16 juillet 1942, à la police de Vichy.

Seulement voilà, le commissaire, qui appartenait déjà à cette police, me dit, une fois ma demande de naturalisation remplie :

« Vous pouvez être certain que je ferai tout ce qui est possible pour que vous n'obteniez pas satisfaction. »

Nous sommes en 1946, et le commissaire de police du XVIIIe arrondissement, celui-là même qui a arrêté mes parents, rue Marcadet, me dit : « Vous pouvez être certain que je ferai tout ce qui est possible pour que vous n'obteniez pas satisfaction. »

Je le regarde sans comprendre tout d'abord et déjà il s'occupe de la personne suivante. Je le regarde et je me demande ce qu'il y a de changé puisqu'il est toujours là, de l'autre côté du comptoir, commissaire de police du XVIIIe arrondissement.

Alors dans ma tête tout à coup je lui parle. Je lui parle parce que je dois comprendre même si tout est embrouillé. Vous entendez, monsieur le commissaire, il faut que je vous parle. Monsieur le commissaire, c'est vous qui avez arrêté mes parents. Souvenez-vous, monsieur le commissaire, c'était le 16 juillet 1942 au matin... Bien sûr, vous vous en souvenez. Comme de tous ceux que vous avez arrêtés ce matin-là et que vous avez entassés dans les autobus en direction du Vel' d'Hiv. Mais ce que vous ne savez pas, c'est que je me suis sauvé juste avant d'entrer au Vel' d'Hiv. Je me suis sauvé et j'ai couru. Ça court vite un garçon de quatorze ans. Ça court vite surtout quand il ne se retourne pas pour voir ses parents une dernière fois parce que ça l'empêcherait de continuer de se sauver. Et, j'en suis sûr aujourd'hui, mes parents non plus ne m'ont pas regardé courir, pour ne pas attirer les regards sur moi. Le courage, monsieur le commissaire, le vrai courage, c'est ça : ne pas regarder son enfant s'enfuir pour lui donner une chance de survivre.

Et moi, j'ai couru sans m'arrêter une seule

fois jusque dans ce XVIIIᵉ arrondissement où vous êtes toujours commissaire de police.

Je vous parle et vous ne m'entendez pas, et lentement je me dirige vers la sortie. Va-t-on me laisser sortir ? Va-t-on m'arrêter ? Mais non. Personne ne s'intéresse à moi. Je n'intéresse personne. Chacun a ses problèmes à régler avec le commissaire. Et l'agent de police à la porte, va-t-il me laisser passer ? Tiens, c'est drôle : j'ai regardé machinalement le côté gauche de ma poitrine. Je souris et je passe. La police française est en progrès : elle laisse sortir les Juifs d'un commissariat maintenant. De quoi pourrais-je me plaindre ? Je suis debout sur le trottoir. Si je veux, je traverse la place, je vais à la brasserie d'en face et je bois une limonade. C'est fini les brasseries interdites aux Juifs et aux chiens.

Mais je ne vais pas traverser la place ni commander une limonade à la brasserie. Je reviens sur mes pas au contraire, et je me remets dans la queue en attendant mon tour. C'est qu'il faut que je vous parle, monsieur le commissaire. Il faut que je vous dise que mon identité vous êtes en train de me la donner. Je suis défini, que je le veuille ou non, par votre volonté de mettre des obstacles à ma demande de naturalisation. Mais dites-vous bien que c'est à peu près tout ce que vous

111

pouvez faire contre moi et, que vous le vouliez ou non, dans quelques instants je sortirai à nouveau de ce commissariat. Je sortirai libre. Je sortirai apatride et libre et vous me regarderez sortir sans comprendre et tout ce que vous pourrez penser n'aura strictement aucune espèce d'importance. Mais avant de sortir, il faut que je vous apprenne quelque chose. Il faut que je vous fasse part d'une décision que je viens de prendre à l'instant même. Il faut que je vous en fasse part parce que, soudain, j'éprouve, grâce à vous, un immense désir : celui d'écrire. Oui, monsieur le commissaire, j'écrirai pour devenir écrivain. Pour devenir un écrivain de langue française. Je prendrai le temps nécessaire. J'y mettrai l'application nécessaire, mais j'écrirai. Je ferai encore certainement une foule de choses comme vendre pendant un certain temps encore au marché du Kremlin-Bicêtre, le dimanche matin, des vêtements que d'autres que moi auront fabriqués. Je continuerai à donner des cours pour vivre, mais j'écrirai. J'écrirai pour dire le scandale de votre présence ici, dans ce commissariat, et pour dire que vous n'avez pas réussi à tout anéantir puisque je suis vivant, là, devant vous avec mon projet d'écriture.

C'est à nouveau mon tour. Oui, monsieur le commissaire, je suis revenu. Vous me regardez surpris et vous ne comprenez pas. Si, si, rassurez-vous, vous avez été très clair tout à l'heure. Mais ça ne fait rien. Vous pouvez me redire cette phrase que je connais maintenant par cœur et que pourtant je suis venu entendre à nouveau : « Vous pouvez être certain que je ferai tout ce qui est possible pour que vous n'obteniez pas satisfaction. »

Seulement voilà : vous vous trompez, monsieur le commissaire. Je ne suis pas revenu pour vous demander quoi que ce soit. Je ne vous demanderai plus rien parce que je sais maintenant que ce que vous m'avez fait, que ce que vous avez fait, ce n'était pas seulement pour exécuter les ordres. Ce que vous avez fait, vous l'avez fait parce que vous ne m'aimez pas. Vous n'aimez pas mon nom et vous ne m'aimez pas. Je suis revenu, monsieur le commissaire, simplement pour vous dire ceci : « Merci, monsieur le commissaire. »

Präzisions-Uhren-Fabrik[1]

Ils ont six ou sept ans et viennent de se recoucher après m'avoir montré quelques photographies. De petites photographies d'amateur, qu'à tour de rôle ils m'avaient tendues, à la fois muets et presque suppliants d'impatience.

Sur la plupart d'entre elles, il y a un monsieur qui se tient près d'une dame, généralement souriante, et qui porte dans ses bras un enfant, presque un bébé. Au dos des photographies, une date, parfois un nom de lieu.

J'étais arrivé le matin même comme éducateur dans la maison d'enfants. « Tu verras, Joseph, m'avait dit Raphaël, c'est un vrai château dans un parc immense avec des statues et des jets d'eau. Il y a une tourelle qui sur-

1. Fabrique de montres de précision.

monte le château et où on n'a pas le droit d'aller seul et d'où l'on voit la Seine sur plusieurs kilomètres.

« Et puis, tout le monde se tutoie », avait précisé Raphaël, et il m'avait remis une lettre adressée à son copain Georges.

Il y avait là cent vingt-cinq enfants de déportés.

C'est Mireille, une monitrice, qui m'avait accueilli. Il venait de se passer, semblait-il, quelque chose d'anormal qui préoccupait tout le monde et en particulier Louba, la directrice. Il avait été prévu que, le soir même, je m'occupe seul du coucher des cinq petits garçons qui partageaient la chambre ronde ; aussi, pour qu'ils fassent ma connaissance, Mireille m'avait invité à passer la journée avec elle, puisque précisément elle était chargée de veiller sur les plus petits.

Au cours de l'après-midi, alors qu'avec une cuillère à soupe j'extrayais d'une grande boîte en fer-blanc (et moins maladroitement que je ne le craignais) de la confiture pour en tartiner les tranches de pain du goûter, Mireille m'apprit qu'on venait de retrouver l'enfant qui s'était sauvé au moment de mon arrivée, que c'étaient des choses qui arrivaient et que c'étaient souvent les mêmes qui partaient.

C'est sur le bord du lit de David que j'étais assis. Il ne m'avait pas montré de photo. Seulement, lorsque les autres ont rejoint leur lit, je me suis brusquement rendu compte qu'à son tour il tendait son bras vers moi. Accrochée à une chaîne fermement maintenue dans son poing serré, une grosse montre de gousset se balançait légèrement. Le geste, le regard de David exprimaient une sorte d'obstination tranquille qui me révéla d'emblée l'attachement profond qu'il avait pour l'objet qui pendait au bout de son bras.

J'ai esquissé un geste vers la montre.

« Elle est à toi cette montre ? Je peux la regarder ? »

David n'a pas répondu. Seulement, au bout de son bras toujours tendu — comme s'il voulait à la fois me communiquer quelque chose et en garder le secret — j'ai vu la chaîne s'enfoncer dans un pli de sa petite main potelée.

Je suis resté un moment indécis. Puis, je me suis penché en avant, les mains agrippées au rebord du lit afin de coller mon oreille au plus près de la montre. Les voisins de lit de David me regardaient, silencieux.

« Elle marche bien », j'ai dit au bout d'un moment.

David a légèrement souri.

Mis en confiance, je lui ai demandé si je pouvais lire l'inscription portée sur le cadran. David n'a pas bougé son bras et j'ai pu alors lire :

GLASHÜTTER
PRÄZISIONS-UHREN-FABRIK

« Et puis, elle est très belle », j'ai ajouté.

À nouveau, David a eu un léger sourire.

J'éprouvais à la fois un sentiment de bien-être et de gêne car j'avais l'impression d'entrer dans son intimité. Alors, j'ai dit encore quelques mots à propos de la journée du lendemain que nous allions passer ensemble et je me suis levé. Près de la porte, j'ai souhaité une bonne nuit aux cinq garçons. Ensuite, j'ai éteint la lumière.

J'ai presque aussitôt entendu le bruit d'une chute. J'ai rallumé : David était par terre près de son lit et ne bougeait pas. Les autres semblaient me guetter.

« Qu'est-ce qui t'arrive ? Comment t'es tombé ?

— La nuit je ne vois pas mon lit, a dit très sérieusement David, alors je tombe. »

Le ton calme de David m'a alerté et empê-

117

ché de sourire. Je l'ai aidé à se remettre dans son lit. Il faut laisser la petite lumière, a dit Maxime, son voisin de lit, en me désignant une lampe accrochée juste au-dessus de la porte. J'ai fini de border David et cette fois, en sortant, j'ai pris soin de « laisser la petite lumière » avant d'éteindre le plafonnier. À nouveau, je leur ai souhaité une bonne nuit et je suis descendu dans la salle à manger.

Dans le vaste hall d'entrée, un journal mural était fixé au mur. Je me suis arrêté pour le parcourir. Il y avait des dessins : des enfants formant une ronde, des résistants faisant sauter un train, un autre fusillé. Des articles, et des phrases inscrites comme des réponses et signées :

« Les déportés, c'est des chansons. »
(Liliane, sept ans)

« Les déportés, ce sont ceux qui reviennent. »
(Janine, sept ans)

Et puis cette lettre de Marcel, neuf ans, adressée à sa mère :

« Je t'envoie une petite lettre de loin en espérant qu'en revenant tu seras bien contente de la lire. Je me souviendrai toujours quand les policiers sont venus te chercher. Fernande était à la campagne et Michel et moi, nous étions chez Mme Jeannette et que notre tante est venue t'avertir, mais il était trop tard, la police t'avait déjà emmenée. J'ai été dans un petit village dans la Sarthe, j'étais bien et je pensais à toi quand je gardais les vaches et la chèvre blanche. Je t'embrasse de loin en espérant que je vais bientôt t'embrasser sur ta propre joue. »

Installés à une table dans un coin du réfectoire, quelques moniteurs venaient de se retrouver pour un moment de détente. « C'est une tradition, m'avait expliqué Mireille, on se retrouve tous les soirs après le coucher des enfants. On mange, on discute, c'est un temps d'arrêt indispensable. »

Mireille n'était pas encore descendue des dortoirs dont elle avait la charge. La journée avait été difficile. Je suis sorti pour marcher un peu dans le parc. Je me suis assis sur une des marches du perron.

Un peu après, j'ai senti une présence derrière moi.

« Je peux m'asseoir ? »

C'était Louba.

Elle s'est assise près de moi et nous sommes restés un moment silencieux. Et puis, elle m'a parlé du petit Maurice qui s'était sauvé et qu'on avait retrouvé.

« Il se sauve souvent ?

— Il ne se sauve pas. Il va seulement vivre quelque chose que, probablement, il ne peut trouver ici. Quand il en a assez, il revient. Ou plutôt, il s'arrange pour qu'on le retrouve facilement pas très loin d'ici.

— Tu ne lui dis rien ?

— Non.

— Mais tu n'as pas peur ?

— Si. Chaque fois. Jusqu'à en trembler. »

Nous nous sommes tus encore un moment et puis Louba m'a demandé comment s'était passé mon premier coucher. Je lui ai raconté les photographies, la montre de David et sa chute, et la petite lumière.

« Pour la petite lumière, a-t-elle dit, on aurait dû te prévenir. »

Alors, à son tour, elle m'a raconté l'histoire des cinq petits garçons.

« Beaucoup d'enfants ici étaient déjà avec moi au Masgelier. Le Masgelier, c'est une maison d'enfants dans la Creuse qui a été ouverte au début de la guerre par l'OSE[1]. La plupart de ces enfants sont des enfants qu'après de multiples démarches on a réussi

1. OSE : Œuvre de secours aux enfants et de protection de la santé des populations juives. Cette œuvre a été fondée en Russie en 1912. La branche française fut fondée en 1935.

120

à arracher des camps de Gurs et de Rivesaltes. De Gurs surtout. Des milliers de réfugiés avaient été parqués dans ces camps par l'Administration française sous le prétexte de les surveiller. Des républicains espagnols d'abord, et puis des Juifs ensuite. Beaucoup de Juifs. Ils avaient été expulsés d'Allemagne. La plupart venaient du pays de Bade et du Palatinat, et parce qu'ils étaient étrangers, ils ont été déclarés suspects. Suspects et dangereux alors que, parmi eux, il y avait des vieillards et des enfants, alors que c'étaient simplement des victimes du nazisme... Les conditions de vie au camp étaient atroces, c'est pourquoi les parents n'ont pas hésité à nous confier leurs enfants dès que ça a été possible... En août 42, les déportations ont commencé à Gurs. Alors, aux derniers enfants que nous avons réussi à sortir des camps, les parents ont remis quelques objets de valeur ou des souvenirs, comme ces photographies qu'ils t'ont montrées. C'est bien qu'ils t'aient montré ces photographies. Il faut t'en souvenir, Joseph. Ça veut dire qu'ils ont confiance en toi. Il ne faudra jamais les décevoir... J'ai vu quand le père de David lui a donné la montre. Il était assis par terre et il a pris David sur ses genoux. David était encore presque un bébé. Son père l'entourait de ses bras comme pour le protéger. Je ne sais pas ce qu'il lui a dit, mais je l'ai vu sortir la montre de sa poche, puis il a pris le pouce et l'index de David entre ses doigts et ensemble, doucement, ils ont remonté le mécanisme de la montre. Et puis, il a approché la montre de l'oreille de David... Et j'ai vu le sourire de David... »

Pendant un court instant, Louba a arrêté de raconter et puis elle a continué :

« Son papa a ensuite placé la montre dans la main de David en refermant ses doigts dessus et puis il a enroulé la chaîne autour de son poignet. Depuis, chaque soir, il la remonte comme son père lui a appris à le faire. »

Pendant quelque temps, j'ai gardé en moi l'histoire de David, et puis, peut-être pour tenter de restituer, avant que je ne l'oublie, tout ce que Louba m'en a dit ce premier soir, j'ai essayé de l'écrire.

L'histoire de David qui pèse de tout son poids maintenant, car chaque soir depuis, un peu avant que je laisse la petite lumière allumée pour la nuit, il me fait écouter le tic-tac de sa montre. J'écoute avec application, ne manquant pas, chaque fois, de lui montrer à quel point j'en apprécie la parfaite régularité.

J'ai essayé de l'écrire en redonnant la parole à Louba, même si je sais que ce n'est pas nécessairement avec ses mots, même si je n'en respecte pas nécessairement la chronologie, persuadé cependant que je n'en dénature pas le sens.

« David avait trois ans quand il a vu ses parents pour la dernière fois. Il est difficile de savoir s'il a encore une idée précise de leur visage. C'est une idée formidable que ses parents ont eue en donnant cette montre à David. Le tic-tac régulier, les aiguilles qui indiquent l'heure et les secondes, c'est quelque chose d'eux qui continue de vivre et qui lui a été transmis. Quelque chose qu'il a reçu pour le faire vivre à son tour. C'est pourquoi, chaque soir, immanquablement, David, comme son père le lui a appris, redonne vie à cette montre. Et c'est pourquoi aussi, chaque matin, son premier geste est de la porter à son oreille. Ce qui est important, ce n'est pas que cette montre donne l'heure exacte, mais qu'elle ne s'arrête jamais. Je ne saurai sans doute jamais par quel mystère David, qui ne savait pas compter, a toujours su, avec une exactitude infaillible, donner le même nombre de tours au remontoir. Bien que tout petit, David sent confusément qu'il est responsable, même si ce mot n'a pas encore grand sens pour lui. Il n'a pas de photographie de ses parents, mais cette montre qu'il conserve si précieusement lui tient lieu de photographie. »

Quelques jours après, ne parvenant pas à mettre en forme le récit de Louba, j'ai dressé — pour les utiliser plus tard — une liste de quelques mots :
Une trace.
Un repère.
Continuité.
Présence rassurante.
Un lien.
Le prolongement.
Partage.
Fidélité.
Ténacité.
Rassurer, tranquilliser, calmer, apaiser.

Quelques jours après encore, d'autres phrases de Louba me sont revenues en mémoire et à nouveau j'ai écrit :
« Les enfants, entre eux, s'amusent à se faire écouter leur cœur. C'est un peu le cœur de ses parents que David écoute chaque matin. Il a compris que ses parents couraient un danger, que leur cœur ne pouvait plus battre naturellement comme le sien et qu'il

lui faut absolument veiller à la bonne marche de sa si précieuse montre. C'est une responsabilité terriblement lourde pour un si petit enfant de tenir entre ses mains deux vies aussi chères. C'est pourquoi il y a toujours un peu de tristesse dans le sourire de David. Je n'ose pas imaginer la cassure qu'il y aurait en lui si la montre se perdait ou si simplement elle s'arrêtait. Ce jour-là, j'aurais très peur pour lui. Pourtant, malgré le poids de cette responsabilité, je me dis que cette montre c'est la grande chance de David. Lorsque je cherche à savoir ce que peut être l'image du bonheur, malgré la tristesse qui s'en dégage, c'est dans le sourire de David, l'oreille collée à sa montre, que je le trouve, même si je sais que ce bonheur est fragile et menacé. »

Toujours assis sur la même marche du perron, avec Louba nous avons encore parlé un moment. Je posais peu de questions.

« Les enfants, m'a dit Louba, les petits enfants surtout, sont des êtres curieux et disponibles. Le bond d'une sauterelle, une fourmi transportant un brin d'herbe, les petits points dessinés sur le dos des coccinelles suffisent à leur bonheur. Beaucoup d'enfants ici ont perdu le goût de cette curiosité. Nous sommes là aussi pour les aider à retrouver ce goût. »

À une question sur David, elle a encore dit :

« Non, il ne se révolte pas. Il ne se révolte pas parce qu'il n'y a pas encore de colère en lui. Il n'y a que du chagrin. »

L'histoire de David, je ne peux pas l'écrire. Pas encore. Je note seulement ce dont je me souviens et ce que je comprends, et je ne comprends pas tout. (« Toi, Joseph, tu vas comprendre toutes ces choses très vite », m'avait pourtant dit Louba.) Plus tard, lorsque je connaîtrai les mots exacts, j'écrirai l'histoire de David. Peut-être, un jour, les mots se mettront d'eux-mêmes à leur place. Peut-être aussi ne pourrai-je jamais écrire son histoire.

Ce soir-là, j'ai seulement fait ce que Louba m'a dit de faire. Je n'ai pas allumé dans le couloir qui conduisait à la chambre ronde. Je me laissais guider par la petite lumière qui brillait sur les cinq petits garçons endormis. Je me suis penché au-dessus du lit de David. Sa main droite, glissée sous l'oreiller, adoucissait sa nuit. Ses joues portaient la trace de larmes pas encore sèches.

Lettre de Georges

Manoir de D.

Cher Raphaël,

J'ai bien reçu tes deux dernières lettres : celle que tu as remise à Joseph et celle où tu t'étonnes de ne pas avoir reçu de réponse.

Je voulais répondre tout de suite à ta première lettre, mais tu sais ce que c'est, j'ai traîné et entre-temps ta seconde lettre est arrivée.

Je m'entends bien avec Joseph. Il s'occupe des petits, mais comme il est aussi chargé d'animer la bibliothèque qui s'enrichit continuellement de nouveaux ouvrages, je le vois souvent. Je l'aide un peu et il me conseille dans mes lectures : Romain Rolland, Anatole France, *La Chute de Paris* d'Ilya Ehrenbourg. Joseph, lui, ne lit jamais sans un crayon à la main. Je viens de commencer *Enfance* de

Maxime Gorki. C'est l'histoire d'un enfant, orphelin de père, qui va rejoindre la famille de son grand-père à Nijni-Novgorod, en remontant le cours de la Volga en bateau.

Ce que j'aime bien, c'est que le voyage est géographiquement bien situé. Les villes ont des noms et elles sont indiquées dans l'ordre chronologique : Astrakhan, Saratov, Simbirsk, Nijni-Novgorod. Dans le livre, la liste est, bien entendu, incomplète mais j'ai tellement aimé les noms des villes que, en les lisant, il me semblait que je les avais toujours sus par cœur. J'ai regretté qu'il n'y en ait pas plus, alors j'ai complété la liste à l'aide d'un dictionnaire. J'ai aussi noté que la Volga était le plus long fleuve d'Europe (3 694 km), qu'elle prend sa source au plateau du Valdaï et qu'elle passe successivement par Kalinine, Iaroslavl, Kostroma, Gorki, Kazan, Oulianovsk, Kouïbychev, Saratov, Stalingrad, Astrakhan avant de se jeter dans la mer Caspienne. J'ai aussi appris que Nijni-Novgorod est devenue Gorki en hommage à l'écrivain originaire de cette ville et qu'il est tout à fait courant en URSS de rebaptiser les villes en leur donnant le plus souvent des noms d'hommes célèbres. Ainsi, Stalingrad s'appelait autrefois Tsaritsin, Kouïbychev s'appelait Samara, Tver est devenue Kalinine et Simbirsk, Oulianovsk, du véritable nom de

Lénine. L'exemple le plus remarquable est certainement Saint-Pétersbourg, tout d'abord rebaptisé Petrograd avant d'être définitivement appelé Leningrad.

Lorsque nous jouerons à nouveau à « J'ai visité »[1] (ce jeu que j'aimais tant l'été dernier), j'essayerai de m'astreindre à ne citer que des villes russes.

J'ai remarqué également dans *Enfance*, des phrases ou des pensées qui reviennent régulièrement. L'une d'elles, qui est la répétition d'un sentiment, m'a particulièrement frappé. Elle revient sous une forme légèrement différente à quelques pages de distance. Page 19 (à propos du grand-père) : « Je le considérai avec une attention particulière et une curiosité inquiète. » Et quelques pages plus loin (à la suite d'une maladie de l'enfant) : « À partir de ce moment, je prêtai une attention inquiète à tous les êtres humains. »

Très certainement, ce même phénomène doit se retrouver dans d'autres livres, mais je ne l'avais pas remarqué jusqu'à présent.

---

1. « J'ai visité » est un jeu de mémoire qui se pratique de la manière suivante : les joueurs sont assis en cercle. Le premier joueur dit : « J'ai visité... » et cite le nom d'une ville. Le joueur suivant dit : « J'ai visité », cite la première ville, puis une autre. Et ainsi de suite jusqu'à ce que tous les joueurs soient passés. Chaque joueur qui inverse ou oublie une ville est éliminé. On fait généralement plusieurs tours jusqu'à l'élimination complète des joueurs. Le gagnant est, bien entendu, le dernier qui citera dans l'ordre exact toutes les villes visitées.

Petit à petit, j'ai l'impression que le goût de la lecture prend de plus en plus de place. Il me permet de me retrouver seul avec une histoire, dans un coin du parc ou sur mon lit. Ce que j'aime par-dessus tout, c'est cette possibilité que j'ai de m'arrêter, de revenir en arrière et de relire autant de fois que je le désire. J'aime toujours le cinéma, je crois, mais j'y vais trop peu souvent. C'est peut-être pourquoi, aussi, la lecture me donne tant de plaisir.

À part ça, le manoir a failli prendre feu.

Tu te souviens des frères Lipsztejn ? Ils ont maintenant sept ans et neuf ans mais ils sont toujours aussi terribles. C'est le plus petit qui a failli mettre le feu au manoir. Comme il ne retrouvait pas une de ses chaussettes, il l'a cherchée à plat ventre sous son lit, muni d'une bougie allumée qu'il avait trouvée je ne sais pas où. Bien entendu, son matelas en crin a aussitôt prit feu et Isidore, de peur de se faire disputer, au lieu d'appeler, a essayé de l'éteindre en soufflant dessus de toutes ses forces. Ce qui, bien sûr, n'a rien arrangé. Par chance, Joseph qui était dans le couloir a senti la fumée et s'est précipité muni d'un des extincteurs qui sont accrochés au mur. C'est seulement lorsque le lit a été pratiquement recouvert du liquide mousseux qu'il a aperçu, dépassant du lit, les jambes d'Isidore qui n'osait toujours pas se manifester. Joseph l'a tiré violemment par les pieds pendant que l'extincteur continuait à déverser sa mousse dans toute la chambre. Ce qui fait que c'est un Isidore méconnaissable qui est sorti de dessous le lit. Quand son frère l'a vu dans cet état, il a crié après Joseph, le traitant d'imbécile, et que si Isidore devenait aveugle par sa faute il lui ferait payer une pension pendant toute sa vie et plein d'autres choses encore, jusqu'à ce que Louba intervienne et ramène le calme.

Quelques jours plus tard, Isidore était à nouveau en retard pour le petit déjeuner. Joseph était en train de verser le cacao dans les bols des petits quand le frère qui déjeunait à la table voisine s'est précipité. Il s'est emparé du couteau à beurre et il a menacé les enfants : « Le premier qui boit son cacao avant que mon frère soit à table, il reçoit ça dans le ventre ! » Les enfants n'ont pas eu le temps d'être terrifiés ni Joseph celui de répondre, car Isidore arrivait tranquillement dans la salle à manger. En tant que grand frère responsable, Félix lui a envoyé une gifle pour lui apprendre à ne plus arriver en retard. Isidore a pris sa place tout penaud et pendant que Joseph lançait un « Bon appétit, les enfants ! » Félix est retourné s'asseoir à sa table.

Malgré tout, Joseph aime beaucoup les frères Lipsztejn. Il est plus rassuré, m'a-t-il dit, des sentiments qu'ils se portent qu'inquiet des catastrophes qu'ils peuvent provoquer.

Pour en finir avec Isidore, hier il est venu emprunter à la bibliothèque un livre que, compte tenu de la qualité de son illustration, on lit plutôt sur place. Il s'agit d'un grand livre sur l'Afrique avec des planches en couleurs, représentant des lions, des éléphants, des rhinocéros et d'autres animaux sauvages. Joseph a cependant accepté de le confier à Isidore, tout en lui recommandant de faire bien attention. Mais Isidore s'est complètement mépris sur la nature des recommandations de Joseph car il a pris aussitôt la posture d'un boxeur en déclarant qu'il n'avait pas peur.

Les épisodes des frères Lipsztejn, je te les raconte en fait pour te dire que rien n'a vraiment changé ici au manoir.

D'ailleurs, à propos du manoir, si tu as toujours chez toi le numéro de *Droit et Liberté* où a paru la photo où on est tous devant le perron avec Marc Chagall, regarde-la attentivement : tu verras Félix en train de faire des cornes à un moniteur. Quand il a vu le journal, le moniteur était furieux et tout le monde semblait prêt à condamner Félix qui a été convoqué dans le bureau de Louba.

Lorsqu'un peu plus tard ils sont sortis tous les deux, Félix avait les yeux rouges, mais Louba a déclaré que Félix avait seulement voulu faire le V de la victoire, comme il l'avait vu faire sur les photos des journaux à la Libération.

À part ça, nous commençons à penser aux vacances. Une délégation d'enfants est invitée à passer le mois de juillet en Pologne. Je ne sais pas encore si j'en ferai partie et je ne suis même pas sûr d'en avoir envie. Je crois que je préfère retrouver ceux de l'an dernier dans une colonie de vacances. Il est question cette année de Saint-Jean-de-Luz ou de Tarnos, sur la côte basque. Peut-être nous retrouverons-nous ? Je l'espère en tout cas. Beaucoup d'enfants ne souhaitent pas se retrouver en colonie de vacances cet été après avoir passé toute une année en collectivité, mais à part quelques-uns qui seront accueillis par un oncle ou une tante, les autres n'auront malheureusement pas le choix.

Il est question aussi qu'à la rentrée les plus grands quittent le manoir pour un autre foyer plus près de Paris. Les garçons iront à Montreuil et les grandes filles à Arcueil. C'est un peu triste de quitter ce grand parc auquel je suis malgré tout attaché, mais avec la proximité du métro, tout sera plus facile : Paris, le lycée et un tas d'autres choses comme le

133

cinéma qui me manque tout de même beaucoup.

Écris-moi pour me dire quels sont tes projets pour les vacances. Peut-être que d'ici là vous pourriez venir à plusieurs nous voir un dimanche ? À moins qu'on fasse une sortie à Paris, auquel cas nous pourrions nous retrouver tous place de la République ?

En attendant qu'un de ces projets se concrétise, je t'envoie mon plus amical souvenir.

Georges

Problèmes d'écoliers

« Est-ce que tu sais que Leibelè aboie avec l'accent yiddish ? »

C'est son chien qu'Isy appelait Leibclè. C'est un gros chien avec des longs poils devant les yeux et qui suit Isy partout. Il l'attache après sa voiture à bras quand il va crier dans les cours pour essayer d'acheter des vieilles choses comme de la vaisselle dépareillée ou des vêtements dont plus personne ne veut.

Il avait appelé son chien Leibelè en hommage à Trotski[1]. Albert, qui pourtant n'était pas trotskiste, ça le mettait en colère.

« Quand on a du respect pour les gens, on ne donne pas leurs noms aux animaux, avait dit Albert la première fois qu'Isy était venu avec son chien.

— Leibelè n'est pas un animal normal,

1. Leibelè est le diminutif affectueux de Léon.

avait répondu Isy. C'est un chien fidèle. Exactement comme Trotski était fidèle à Lénine.

— Tu vois bien qu'on ne peut pas parler politique avec toi. Tu mélanges tout. En tout cas, moi, ton chien, je l'appellerai : le chien.

— Il ne te répondra pas.

— Tant mieux ! comme de toute façon on n'a rien à se dire, ça tombe bien. »

Et Albert avait repris ses ciseaux.

Ce qui rendait surtout Albert furieux, c'était les promenades d'Isy. « Un homme, quand il est responsable, se démène pour sa famille, ou alors c'est un schnorrer. » Albert, lui, il reste à longueur de jours dans l'atelier. Et quand il sort, c'est juste pour aller livrer ou pour ramener du travail. « Parce qu'il y a ceux qui travaillent et ceux qui se promènent. C'est comme ça qu'il va le monde. Et c'est pas en se promenant qu'on arrive à quelque chose dans la vie. »

Parce que, pour Albert, mon frère Isy se promène et compte sur la chance. Et quand, par hasard, la chance lui tombe dessus, au lieu de se dire : « C'est un bon jour, la chance est avec moi, c'est pas le moment d'arrêter », non ! La chance, pour Isy, c'est d'avoir fait une affaire dès le matin pour se trouver libre le reste de la journée. Il court alors aussitôt déposer sa charrette dans sa remise de la rue des Jardins-Saint-Paul, prend sa canne à pêche et descend en bas du pont Marie pour « taquiner le goujon » comme il a appris à le dire.

« Isy, je lui dis, quand la chance est là, va, cours-lui après, reste un peu avec elle. Pourquoi tu te contentes de si peu ?

— Si je cours après, Leiélè, je risque de la dépasser sans la voir et la chance, alors, elle se trouve derrière moi. Si on veut attraper du poisson, la ligne, il faut la lancer juste au bon endroit et la laisser flotter à la vitesse du courant, exactement la vitesse du courant. Mais ni la retenir ni l'accélérer. »

Quand Hélène, sa pauvre femme, en a assez de manger du poisson, Isy vient nous en apporter à la maison. Mais dès qu'il a le dos tourné, le poisson va directement à la poubelle. Je n'en parle même pas à Albert. Qui a besoin de disputes supplémentaires ?

C'est à Betty, couchée dans son lit, qu'Isy avait parlé de l'accent yiddish de Leibelè.

Elle était rentrée de l'école hier après-midi en claquant des dents et s'était couchée aussitôt sans prendre son goûter. Tout ce que j'avais obtenu d'elle, pendant qu'elle buvait

137

un verre de lait chaud avec du miel, c'est qu'elle ne voulait plus retourner à l'école.

Ce matin, en touchant son front, j'ai cru qu'elle n'avait plus la fièvre, mais j'ai senti qu'il fallait la garder au lit encore un jour.

« Je veux changer d'école, a-t-elle dit aussi à Isy.

— Changer d'école ? (Isy a jeté un regard vers moi.) Mais on ne change pas d'école comme ça, pour rien.

— C'est pas pour rien ! Et puis Raphaël aussi a changé d'école. »

C'est vrai que Raphaël avait changé d'école. C'était justement après la Libération, un peu après la rentrée des classes. Il s'était battu avec un camarade qui l'avait traité de sale Juif. Il était tellement hors de lui que le maître d'école avait été obligé de se faire aider par plusieurs élèves parce que tout seul il n'arrivait pas à maîtriser Raphaël. Et puis, il a giflé Raphaël parce qu'il est interdit de se battre en classe. Alors Raphaël est devenu fou de rage. Il s'est mis à hurler : « La guerre est finie ! La guerre est finie ! » Et il a donné un grand coup de tête dans le ventre du maître et aussi des coups de pied dans les tables. Et il a déchiré les cartes de géographie qui étaient accrochées au mur et il s'est enfui de l'école. C'est une femme de service qui a ramené le cartable de Raphaël à la maison.

Raphaël est resté au lit le lendemain et c'est là qu'il a dit qu'il ne voulait plus retourner à l'école. Et puis, j'ai été convoquée par le directeur. Il voulait que Raphaël s'excuse pour le coup de tête dans le ventre du maître et surtout pour les cartes de France déchirées. Alors j'ai inscrit Raphaël au lycée Charlemagne.

« Quelqu'un t'a traitée de sale Juive à l'école ? » a dit Isy qui connaissait l'histoire.

Betty a fait non de la tête.

« C'est quelque chose de grave quand même ? »

Sans regarder personne, Betty a fait oui.

« Et pourtant, c'est quelque chose que tu ne veux pas me raconter, ni à ta mère, ni à personne ? »

Betty a encore secoué la tête.

« C'est quelque chose dont tu as honte ? »

Betty a levé les yeux et sa bouche s'est ouverte. Mais elle n'a rien dit. Et puis, elle a très vite baissé les yeux et avec Isy on a eu le temps de voir que des larmes se formaient sous ses paupières.

« Écoute, voilà ce qu'on va faire, a dit aussitôt Isy. Je te propose un marché. Tu me racontes ton histoire et moi aussi je te raconte une histoire. D'accord ?

— C'est toi qui commences ! »

— C'est moi qui commence, si tu veux. Je crois que je peux te faire confiance. »

Pour mieux écouter Isy, Betty s'est enfoncée dans ses couvertures, laissant juste dépasser sa tête.

« Bon. Écoute bien toi aussi, Leibelè, ça pourrait t'intéresser. »

Leibelè qui était allongé par terre, la tête entre les pattes de devant, a ouvert un œil en entendant son nom. Il a bâillé très longuement comme le font les chiens et, reprenant sa position, il s'est tout de suite rendormi. Pour la première fois de la journée, j'ai vu un petit sourire sur les lèvres de Betty.

« Tant pis pour lui, a dit Isy, je commence quand même :

« Il était une fois un roi, dont le royaume était situé en Europe centrale. Plus précisément dans les Carpates et plus précisément encore dans la province de Bukovine... Non, je recommence. Ce n'est pas un bon début. C'est très important de trouver le bon début d'une histoire. »

Isy a eu l'air de réfléchir un instant.

« Voilà : C'est l'histoire d'un petit garçon de sept ans qui s'appelait Jacob. Il vivait avec ses parents dans une petite ville de l'Empire austro-hongrois. Tout petit, Jacob avait failli mourir, car il était né avec des voies respira-

140

toires anormales. Des médecins avaient bien tenté de le soigner, mais ils s'étaient montrés impuissants à lutter contre la très grave maladie de l'enfant, si bien que ses parents étaient obligés de le veiller jour et nuit. Un jour, les parents du petit Jacob entendirent parler d'un grand chirurgien — un certain Bronstein — qui exerçait dans une clinique de Vienne et dont la science et l'habileté avaient sauvé de la mort des malades que les autres médecins — pourtant de réputation internationale — avaient déjà condamnés.

« La popularité de ce chirurgien était si grande que, pour une opération, il fallait prendre rendez-vous de nombreuses semaines et parfois même de nombreux mois à l'avance. Mais, heureusement pour le petit Jacob, ce Bronstein adorait les enfants et de plus il se passionnait pour les cas désespérés. Les parents furent pleins de joie et d'espoir lorsqu'ils reçurent, en réponse à leur lettre, un mot de la clinique, leur donnant rendez-vous pour la semaine suivante. Une note à la fin de ce mot leur parut étrange. Elle était écrite de la main du chirurgien et s'adressait au père de Jacob : "Puisque vous êtes tailleur, avait écrit le Dr Bronstein, amenez avec Jacob un sac de boutons." Et il avait signé.

« Les parents avaient cherché à comprendre les raisons de cette note et, bien

que ne trouvant pas de réponse, le père
entassa dans un petit sac, qu'il avait confec-
tionné pour la circonstance, tous les boutons
qu'il put trouver : des boutons de toutes les
couleurs, en métal, en bois, en corne. Des
boutons de culotte, des boutons de chemise,
des boutons de redingote, des boutons de
vêtements militaires, des boutons-pression...

« Lorsqu'ils arrivèrent à Vienne, le petit
Jacob était très faible, car, en raison de la
forte animation qui régnait dans cette ville, il
avait les plus grandes difficultés à respirer.
Aussi, devant l'état de l'enfant, le Dr Bronstein décida d'opérer le jour même.

« L'opération dura quatre heures et les
parents de Jacob étaient malades d'inquiétude. Lorsque, enfin, ils virent le chirurgien
sortir de la salle d'opération en nage mais
arborant un grand sourire, ils tombèrent
dans les bras l'un de l'autre en pleurant de
joie, car ils comprirent que leur enfant était
sauvé. Le Dr Bronstein leur expliqua qu'il
avait branché un petit tuyau à la trachée-
artère, et que ce tuyau aboutissait à un petit
bouton de corne (judicieusement choisi
parmi ceux apportés par le père de Jacob).
Le petit bouton, greffé au niveau du larynx,
permettait, grâce aux quatre petits trous qui
habituellement servent à coudre les boutons,
de rétablir la circulation de l'air dans les pou-

mons. "Votre petit Jacob aura maintenant une vie presque normale, ajouta le Dr Bronstein, du moins sans danger. Mais il serait bon qu'il quitte la ville au plus tôt. " Et le docteur leur conseilla d'aller vivre dans une région qu'il jugeait excellente pour les voies respiratoires et qui était située dans les Carpates, et plus précisément dans la province de Bukovine.

« Deux années passèrent.

« Deux années pendant lesquelles les parents du petit Jacob ne vécurent plus dans l'angoisse. Mais Jacob, lui, n'était pas heureux. Le petit bouton de corne que le Dr Bronstein avait greffé lui permettait de respirer normalement, mais l'air qui s'y infiltrait transformait le bouton en sifflet. Et comme maintenant il respirait tout à fait régulièrement, la présence de Jacob était toujours signalée par un petit sifflement.

« Bien sûr, Jacob pouvait aller et venir sans danger, le son émis par le petit sifflet était plutôt doux et harmonieux, mais Jacob était malheureux parce que c'était un enfant différent.

« C'est à l'école, surtout, que Jacob se sentait malheureux. Pourtant, poussé par le désir de rattraper le temps perdu à essayer de survivre, il était devenu un excellent élève. Souvent, le maître l'interrogeait au tableau pour le donner en exemple, mais les mots que Jacob prononçait étaient entrecoupés par les sifflements qui s'échappaient du petit bouton de corne. Et ceci à la grande joie de ses camarades de classe qui se moquaient de lui avec parfois beaucoup de cruauté. Aussi, le jour de ses neuf ans, Jacob décida de ne plus retourner à l'école.

« Il passa alors le plus clair de son temps dans la forêt toute proche.

« Une légende circulait depuis toujours dans le pays : Un Roi avait établi son royaume au plus profond de cette forêt, et ce Roi avait, selon cette légende, le pouvoir d'accomplir des miracles. Mais ce Roi, dans sa grande sagesse, avait rendu inaccessibles les portes de son royaume. Si bien que personne ne pouvait se vanter d'avoir pu l'approcher. Pourtant, les gens qui avaient souhaité le voir accomplir des miracles étaient fort nombreux, car la légende s'étendait bien au-delà des Carpates. Mais chaque tentative se soldait par un échec. En effet, la forêt était peuplée d'êtres invisibles qui protégeaient le Roi en envoyant, à l'aide de frondes, des petites pierres lancées avec une extraordinaire précision. Les pierres ne touchaient jamais ceux qui tentaient de pénétrer dans le royaume, mais elles venaient frapper le sol à quelques centimètres d'eux, si bien qu'ils étaient chaque fois contraints de rebrousser chemin.

« Le petit Jacob avait lui aussi entendu parler du Roi faiseur de miracles, et il avait, plusieurs fois déjà, essayé de pénétrer dans la forêt afin que le Roi accomplisse le miracle des miracles : faire cesser ce fameux petit sifflement qui faisait de Jacob la risée de ses camarades.

« À maintes reprises, il était parvenu à pénétrer en des endroits où il n'y avait plus traces de chemins, car il était petit et avait appris à se déplacer avec la grâce d'un chat. Mais, lui aussi était finalement contraint de rebrousser chemin car chaque fois il était trahi par son sifflement et des petites pierres aussitôt ricochaient à ses pieds. Un jour, alors qu'il était particulièrement désespéré, assis sur une grosse pierre à l'orée de la forêt, Jacob vit soudain, devant lui, un vieillard. Un vieillard comme ceux que l'on voit d'habitude dans les livres d'images et dont le visage était illuminé d'une lumière singulière. Jacob était muet d'émotion car il voyait bien ce que cette apparition avait de surnaturel.

« L'étrange personnage demanda à Jacob la cause de son désespoir.

« "J'ai le désir de mourir, répondit Jacob.

— Non, Jacob (le vieillard connaissait le nom de Jacob). Non, Jacob. Tu n'as pas le désir de mourir. Tu as le désir de vivre mais tu n'y parviens pas. Tu veux rencontrer le Roi pour qu'il accomplisse un miracle, mais un miracle il faut le mériter. "

« Jacob ne comprenait pas, alors le vieillard lui expliqua :

« " Sais-tu ce qui alerte de ta venue les habitants de la forêt ? C'est le sifflement particulier qui s'échappe de ta gorge et qui ne ressemble à aucun des chants d'oiseaux demeurant dans cette forêt. Si bien que, à ton arrivée, les oiseaux se taisent et c'est leur silence qui signale ta présence. Alors, voici ce que nous allons faire : chaque matin, nous nous retrouverons tous les deux ici près de cette grosse pierre et, chaque matin, je t'apprendrai le chant d'un oiseau. Ainsi, sans cesser de respirer, tu transformeras l'air qui passe par le petit bouton de corne en mélodie, et tu pourras sans encombre t'asseoir auprès du Roi et le prier d'accéder à ta demande ".

« Et c'est ce qu'ils firent.

« Le premier matin, Jacob apprit le chant du bouvreuil à l'appel doux et mélancolique. Le lendemain, le babillage de la fauvette. Le surlendemain, le gazouillis vivace du chardonneret. Le quatrième jour, le chant mélodieux de la linotte. Ensuite, le chant perlé de trilles du rouge-gorge et la longue stridulation de la locustelle. Et puis, il apprit le tschrl de l'alouette des champs, le karreu karreu de la rousserolle, le youdüt youdüt de la grive musicienne. Plus tard, le tak tak du merle noir, le trru trru de la mésange bleue, le chant retentissant du pinson et les sih sih sih aigus du roitelet qui ne pèse que cinq grammes. Plus tard encore, ce fut le tour de la pie-grièche à la voix excitée, des babillages variés du geai et des bavardages du traquet. Et il apprit aussi les notes ricanantes de l'étourneau, la voix inquiète du loriot jaune, le ziwitt ziwitt de l'hirondelle, le jacassement de la pie bavarde et le cou-cou du coucou.

« Un matin, le lendemain du jour où Jacob apprit le chant du rossignol, celui qui chante même la nuit d'un chant clair comme le cristal, il se rendit comme d'habitude près de la grosse pierre. Mais, ce jour-là, le sage ne vint pas. Jacob comprit alors que l'apprentissage était terminé. À l'instant même, il se mit en route.

« Attentif au moindre bruit, il lui sembla comprendre le langage des oiseaux et il se souvint de ce que le sage lui avait dit le premier matin : "Il suffit de bien écouter pour comprendre ce qu'ils chantent." Et ce qu'il croyait être une redoutable épreuve prit l'allure d'un jeu, car il connaissait le chant des oiseaux à la perfection.

« Soudain, alors qu'il en avait presque oublié les raisons de sa présence dans la forêt, Jacob déboucha dans une immense clairière. Cette clairière était resplendissante de lumière, de cette même lumière qui entourait le visage du vieillard qui avait tant appris à Jacob. Au milieu de la clairière, tournant le dos à la forêt, un homme était assis sur un trône.

« Jacob en resta cloué sur place sans pouvoir articuler un mot.

« "Viens t'asseoir près de moi", dit le Roi sans se retourner.

« Terriblement impressionné, Jacob obéit au Roi et alla s'asseoir près de lui. C'est seulement là qu'il vit avec étonnement qu'il s'agissait du sage de la grosse pierre. Il se demanda tout d'abord pourquoi le Roi avait exigé de Jacob tant de semaines d'efforts, alors que, dès leur première rencontre, il lui aurait suffi — puisqu'il en avait le pouvoir — d'accomplir le petit miracle qui aurait enfin permis à Jacob de devenir un enfant comme les autres.

« Avec application, cependant, il répondit aux questions du Roi.

« Le Roi écouta attentivement Jacob et lui répondit qu'il ne pouvait rien de plus pour lui. Jacob en eut le cœur accablé de chagrin.

« "Je suis donc venu pour rien ?" dit-il, en laissant les larmes couler le long de ses joues.

Le Roi prit les mains de l'enfant dans ses grandes mains blanches et lui parla avec bienveillance.

« "Non, mon petit Jacob. Tu n'es pas venu pour rien. Il faut que tu comprennes bien pourquoi tu es parvenu à franchir tous les obstacles. Si tu es venu me voir avec l'espoir de devenir un enfant comme les autres, tu as eu tort, parce que tu ne seras certainement jamais un enfant tout à fait comme les autres. Il faut que tu saches cependant que, en venant jusqu'ici, tu as accompli quelque chose d'exceptionnel, car ils sont peu nombreux ceux qui, à chaque génération, ont réussi à faire ce chemin. Le miracle ne peut pas venir de moi puisqu'il consiste justement dans le fait d'être parvenu jusqu'ici. C'est le miracle que j'espérais de toi, c'est pourquoi tu as bien fait de venir. " »

C'est là qu'Isy a arrêté de parler.
« C'est fini ? a dit Betty.
— C'est fini », a dit Isy.
Betty a réfléchi un instant.
« J'ai pas bien compris la fin.
— Les histoires, on ne les comprend pas toujours tout de suite, mais c'est pas grave. Ce qui compte c'est de les écouter. Et de les raconter aussi quand on les connaît. Tu te souviens de notre marché ? Je te raconte une

histoire et tu racontes ton histoire. Mais rappelle-toi : c'est très important de trouver le bon début d'une histoire. Bon, j'ai beaucoup parlé, je vais boire un verre d'eau. Je reviens vite. »

Leibelè a encore ouvert un œil quand Isy s'est levé pour sortir, mais il a dû comprendre qu'il allait revenir parce que, à nouveau, il s'est rendormi.

Pour encourager Betty, j'ai redressé son oreiller, pensant qu'elle serait mieux assise pour raconter.

Isy est revenu et sans dire un mot a repris sa place sur sa chaise.

« C'est à cause de la rédaction, a dit Betty au bout d'un moment.

— La rédaction ?

— J'avais écrit " calupette ".

— Et alors ?

— Alors la maîtresse, elle m'a dit qu'on dit pas " calupette ", on dit galipette. Mais avant, elle m'a demandé ce que ça voulait dire. Mais comme j'arrivais pas à expliquer, je me suis mise devant son bureau et j'en ai fait une et alors l'élastique de ma culotte a craqué et tout le monde s'est moqué de moi. »

Parce que c'est comme ça que sont les enfants, Betty s'est mise à pleurer à grosses larmes. On sentait bien qu'elles allaient venir parce qu'elle parlait de plus en plus vite, comme on fait quand on a peur de ne pas pouvoir finir une histoire. Je l'ai prise dans mes bras et je l'ai embrassée, j'ai essayé de la consoler en lui disant que ce n'était pas grave, mais elle était inconsolable parce qu'elle avait un vrai chagrin de petite fille.

Isy aussi se demandait comment arrêter les larmes de Betty, alors tout à coup, en voyant Leibelè complètement réveillé par les pleurs, il lui a dit :

« Tu ne sais pas non plus ce que c'est une " calupette " Leibelè ? T'es aussi bête que la maîtresse, alors. Hein ? Bon, regarde bien, je vais te montrer. »

Et prenant son élan, Isy a fait une galipette. Mais en passant, avec son pied il a accroché une chaise qui a failli lui tomber sur la tête. Leibelè qui croyait à un nouveau jeu s'est mis à tourner autour d'Isy en aboyant si fort qu'Albert a surgi de l'atelier.

« Qu'est-ce qu'il y a ? Qu'est-ce qui se passe ? Qu'est-ce qui t'est arrivé ? a-t-il dit à Isy en le voyant assis par terre.

— J'ai fait une " calupette ", a répondu Isy en se tenant le genou parce qu'il s'était fait mal. Hein, Leibelè ? »

Leibelé a fait Wouah ! Wouah !

« Tu vois Albert, mon commissaire du peuple a dit : " Vouye, vouye. " »

Le lendemain, Betty est retournée à l'école.

La durée du bonheur

Pour essayer de calmer les gens, pour soulager leur souffrance, on les écoute quand ils
parlent. Des fois on a envie de leur prendre
les mains. Des fois on a même envie de les
entourer avec les bras, mais il y a des gens
avec qui on ne peut pas, parce que les écouter seulement, c'est déjà les encourager.
Alors ils vont trop loin, parce qu'on les a
encouragés.

Léa est allée trop loin.

Comme souvent, le vendredi, Albert est
parti chercher des fournitures chez Wasserman, et comme c'est la morte-saison qui
commence, Mme Andrée et les autres finisseuses ne sont pas venues aujourd'hui ni Léon
non plus. Maurice est parti vers quatre heures.
Léa est assise à la place de Mme Andrée. Elle
m'a apporté un verre de thé. Après l'avoir bu,

je l'ai reposé sur la petite table des finisseuses. Léa le garde entre ses mains comme
pour les réchauffer.

Aujourd'hui, Léa ne me tient pas seulement compagnie. Elle avait des choses à me
dire. J'ai eu le sentiment que tout n'allait pas
très bien entre elle et Albert.

Il y avait aussi une intimité dans la conversation et je me suis laissé un peu aller.

Ce n'est pas la première fois que Léa est là,
assise à la place de Mme Andrée, à parler
avec moi après m'avoir fait du thé, mais c'est
la première fois qu'elle parle comme ça de
nous. D'elle et de moi. D'elle surtout. Les
bras de Léa sont ronds et je crois qu'elle est
belle. Elle a de grands yeux sombres.

« Quand vous me parlez, vous me dites
toujours des choses gentilles. Ça me fait tellement de bien.

— Moi aussi ça me fait du bien, Léa. Et
c'est pour ça que j'ai eu tort de vous les dire.

— Non, Charles, vous n'avez pas eu tort. Il
y a de la sagesse en vous, et votre façon d'être
calme aussi me fait du bien.

— Ne vous fiez pas aux conversations que
nous avons ensemble, j'ai aussi des colères
terribles.

— Des colères ? Oui, c'est vrai... Pourtant,
il n'y a que près de vous que je me sens bien.

— Écoutez Léa, je suis très bien ici à l'ate-

153

lier et je ne voudrais pas être obligé de partir. Et vous savez pourquoi je suis très bien ici ? Parce qu'Albert fait tout pour ça. Quand il n'y a plus de travail pour les autres, il y en a toujours pour moi. Et quand il va livrer, je sais bien qu'il vous demande de me tenir un peu compagnie pour que je me sente moins seul tellement il a confiance en vous et qu'il a confiance en moi. Et c'est même à cause de ça qu'on a commencé à parler ensemble. Albert, il veut me faire plaisir et m'aider à vivre, seulement il ne sait pas le dire. Je ne sais pas comment vous expliquer ça...

— Mais à moi non plus il ne dit jamais des choses qui me font du bien, et moi je suis sa femme. C'est si compliqué de dire à sa femme qu'on l'aime ? Moi j'ai besoin d'entendre qu'on me dise qu'on m'aime.

— Parce que ça se dit, ça ?

— Il y en a qui le disent.

— Et ça vous suffirait ?

— C'est agréable à entendre.

— C'est sûrement agréable à entendre puisque vous le dites. Mais il faut comprendre, Léa : il n'y a pas deux Albert. Il n'y en a qu'un. Il est comme ça Albert. Vous savez, je crois même que c'est justement parce qu'il fait les choses qu'il ne sait pas les dire. Vous vous souvenez quand le petit Joseph est venu faire le presseur pour remplacer Léon, la saison dernière. Tous les soirs, Albert passait près d'une heure à la presse pour arranger le travail de Joseph. Et Joseph n'a jamais rien su. Personne ne lui a dit. Ni Albert, ni l'atelier. Et ça, c'était plus important que de lui dire qu'il l'aimait bien, même si vous croyez le contraire. »

Il y a eu un silence après, comme il y en a eu déjà quelques-uns depuis que Léa était venue m'apporter le verre de thé. On savait bien que, pendant ces silences, la conversation entre Léa et moi se poursuivait dans nos têtes. C'est pourquoi on ne la reprenait pas toujours là où on l'avait laissée. Que Léa vienne juste comme ça, pour s'asseoir là un moment et bavarder, ça on pouvait toujours le faire et c'est vrai que ça me faisait du bien. Mais pas avec des idées derrière la tête. Des idées comme ça, il faut les laisser où elles sont. Malheureusement, elles ne finissent pas toujours par s'en aller toutes seules.

Comme moi j'essayais de continuer à piquer à la machine, c'est encore Léa qui a repris la conversation.

« Je ne peux pas passer ma vie sans savoir si je suis aimée. Et Albert, ce n'est pas moi qu'il aime, c'est la famille.

— C'est la même chose.

— Non. Ce n'est plus la même chose.

— Ce n'est plus la même chose et c'est

toujours la même chose. Avant les enfants, il n'y avait que vous. Je ne sais pas si Albert vous le disait, mais encore une fois, il n'avait pas besoin de vous le dire pour vous aimer, et vous ne vous posiez pas la question et c'était bien comme ça. Mais depuis que Betty et Raphaël sont là et qu'il les aime en plus de vous, vous vous affolez. Vous exigez qu'avec les mots il fasse la preuve de son amour pour vous. Vous dites que ce qu'il aime c'est sa famille ? Oui, c'est vrai. C'est sa famille qu'il aime. Mais disparaissez de sa vie et vous verrez ce qu'il reste de sa famille. Albert n'aura près de lui qu'une famille malade et boiteuse.

— Vous voulez me convaincre qu'Albert est un bon chef de famille ? Oui, c'est un bon chef de famille. Et un bon père aussi. Je n'ai jamais dit le contraire. Albert fait juste les choses qu'il faut faire. C'est vrai. Mais pas plus. Et moi, c'est justement le plus qui me manque. Charles, je veux que vous compreniez que je ne peux plus supporter d'être la femme qui s'occupe de son mari et de ses enfants. Je ne peux plus supporter de n'être pour mon mari que la femme raisonnable qui fait son devoir de femme.

— Et de votre côté ?

— De mon côté, quoi ?

— Vous, pour Albert ?

156

— Moi, je vous ai dit : je ne suis pas heureuse et j'ai besoin d'être heureuse pour aimer. Je crois pourtant que j'ai été heureuse avec Albert. Avant qu'on soit mariés, des fois, dans la rue, il m'embrassait, et c'est moi qui ne voulais pas parce que j'avais un peu honte devant tout le monde. Il me faisait des cadeaux aussi. Des petits cadeaux, bien sûr, parce qu'il n'avait pas beaucoup d'argent. Un jour, sans rien me dire, il a écrit à sa mère en Pologne pour qu'elle m'achète un grand châle noir avec des grosses fleurs de couleur comme on en trouve seulement là-bas. Ce châle, c'est presque les dernières nouvelles qu'on a reçues de Pologne, juste avant la guerre. À la Libération, je l'ai donné à la dame qui nous avait cachées Betty et moi à la campagne... Je crois que je regrette un peu... oui, j'ai eu tort sûrement, parce que c'est le cadeau qui m'avait fait le plus plaisir. Albert, maintenant, ne me fait plus de cadeaux. Il me dit d'acheter ce que j'ai envie. "Puisque je travaille bien, il me dit, va, achète-toi ce qui te plaît."

— Et vous achetez ce qui vous plaît ?

— Des fois. Mais je ne sais même pas s'il le remarque. »

Parce que je savais que Léa avait compris que j'avais compris ce qu'elle voulait me dire, je savais qu'il fallait arrêter cette discussion. Mais je ne savais pas comment. J'avais peur d'être maladroit et bêtement je continuai à piquer à la machine sans prononcer une parole.

« Pendant la guerre, a repris Léa, il ne me serait pas venu à l'idée de me demander si on s'aimait moins. Albert me manquait et l'inquiétude prenait toute la place. Maintenant, Albert est là et je sens qu'il s'éloigne de moi. Mais peut-être c'est moi qui m'éloigne de lui. C'est comme si je n'existais plus. Je me sens très seule. Bien sûr, vous, vous êtes vraiment seul, mais moi je suis seule avec mon mari... J'ai peur de vieillir tout à coup, de ne plus avoir envie de me battre pour être heureuse. C'est quand je pense : "Renoncer au bonheur", que j'ai le plus peur parce que c'est la fin de tout. Et c'est cette peur, peut-être, qui me pousse à commettre ce que vous croyez être une folie. »

Tout s'est troublé dans ma tête après parce que Léa a dit ce qu'elle voulait me dire. Je ne sais plus comment elle a réussi à le dire, mais elle a redit qu'elle se sentait bien avec moi. Tellement bien qu'elle savait que je la rendrais heureuse et d'autres choses encore que je ne comprenais plus parce que je pensais qu'il fallait absolument que j'essuie mes lunettes tellement je ne voyais plus rien. Et toutes les questions me sont venues en même temps. Est-ce que Léa est réellement l'épouse malheureuse qu'elle dit être ? Avoir un mari, des enfants et être malheureuse, qu'est-ce que ça veut dire ? Ça n'a aucun sens ! Et, qu'est-ce que c'est cette vie qu'elle veut avoir avec moi ? Et pourquoi moi ? A-t-elle pitié de moi au point d'être prête à briser son ménage ? Ça aussi ça n'a aucun sens. Refaire sa vie. Qu'est-ce que ça veut dire refaire sa vie ? Refaire sa vie quand une vie est encore en train de se faire ! Il lui manque quelqu'un, à Léa, pour vouloir refaire sa vie ?

« Qu'est-ce qu'il y a Léa ? Vous avez pitié de moi ou quoi ? Vous savez que je dirai non à cause d'Albert alors vous pensez que ça va me consoler de savoir qu'une jeune femme est prête à tout abandonner, à sacrifier sa famille et à refaire sa vie avec moi. C'est ça ? Vous êtes fière de votre idée ? Ce n'est pas bien ce que vous faites Léa, ce n'est pas bien.

— Vous croyez que j'ai la tête de quelqu'un qui a pitié ? C'est vrai que vous avez beaucoup souffert, et ça explique sûrement vos colères et vos silences qui me font si mal...

— Ne cherchez pas toujours des excuses à ceux qui ont souffert ! On n'a pas tous les droits parce qu'on a souffert. Alors les autres, ils ont droit à quoi ? Pourquoi il aurait pas le droit au bonheur, Albert ?

— Je vous parle de moi, Charles. De ce que je ressens. Le dimanche, quand je traverse l'atelier vide, je regarde toujours du côté de votre machine et j'ai le cœur qui se met à battre plus fort. C'est comme ça que je me suis rendu compte que vous me manquez…. Quand le soir les enfants sont couchés, avec Albert, souvent, nous ne nous disons plus rien. Dans ces moments-là aussi, je pense à vous. Albert, lui, je ne sais pas à quoi il pense, mais peut-être qu'il pense aussi à quelqu'un d'autre, je ne sais pas.

— On dirait que vous le souhaitez ?

— Non, non. Je n'ai pas dit ça. C'est bête à dire, mais je suis encore jalouse. Des fois, le soir, quand je fais la vaisselle… ça me gêne de vous dire ça… »

Je n'ai rien fait pour encourager Léa à continuer tout en étant content qu'elle reparle d'Albert. Et comme il y a des choses qui sont plus faciles à dire quand on n'a pas à se regarder dans les yeux, je me suis levé pour vérifier la tombée d'une manche sur le mannequin. Le silence devait être plus gênant encore pour Léa, alors elle a continué.

« Des fois, quand je fais la vaisselle, Albert vient derrière moi pour m'embrasser. Je lui parle des enfants qui ne dorment pas encore, parce que je ne sais même pas si c'est à moi qu'il pense à ce moment-là.

— C'est à vous qu'il pense, Léa, à vous et à personne d'autre.

— Pourquoi vous en êtes si sûr ?

— Parce que j'en suis sûr. »

Je suis revenu m'asseoir, mais j'ai laissé la pièce sur le mannequin. Parce que, avec ce que je voulais dire à Léa, je ne pouvais plus continuer à travailler.

« Écoutez, Léa. De toute façon, vous vous trompez sur mon compte. Parce que je suis là, tous les jours, et que vous me croyez disponible, vous me transformez en quelqu'un d'autre. Je ne comprends pas très bien de quel homme vous rêvez. Peut-être qu'il n'existe même pas, et s'il existe, c'est plus sûrement celui qui est parti chercher des fournitures chez Wasserman. Mais ça ne peut pas être moi. Mais vous pensez à quoi, Léa ? Vous voulez priver Betty et Raphaël de leur père ? Et Albert de ses enfants ? Regardez les yeux d'Albert lorsqu'il regarde ses enfants rentrer de l'école. Regardez-les longuement. Le bonheur, il faut savoir le reconnaître quand il est là. Et savoir le garder aussi, même s'il faut se battre pour ça, avant que d'autres s'acharnent à le détruire. Comment pouvez-vous penser que je pourrais priver Albert de ses enfants ? Plus jamais je ne pourrais le regarder en face, ni lui, ni les enfants, ni personne. Ça me rendrait fou pour tout le temps qui me reste à vivre. Maintenant, si vous voulez continuer à parler, parlez. Je ne peux pas vous en empêcher. Mais cessez de penser à moi. Ne vous préoccupez pas de ma solitude, de mon bonheur, de ma vie. Vous n'êtes pas " Bonjour-Bonjour " pour vouloir faire le bonheur des gens libres. Vous êtes Léa, vous avez un mari et deux enfants, et moi je ne suis pas libre. Je suis occupé. Je suis occupé avec mes souvenirs... Vous rêvez d'une maison agréable à vivre, de distractions et d'un mari merveilleux qui, à longueur de journée, vous dise qu'il vous aime et vous vous dites que ces mots de tendresse, je pourrais vous les dire... Écoutez encore, Léa. Je suis sûr que cette conversation n'est pas une bonne chose parce qu'elle vous a entraînée trop loin, mais puisque nous avons commencé, il faut que je vous dise des choses : vous vous sentez seule et vous voulez qu'un miracle se produise. Ce miracle, ne l'attendez pas de moi. Je ne suis pas un faiseur de miracles. Je n'ai pas quitté ma femme et elle ne m'a pas quitté. On nous a séparés, c'est tout. Je ne suis pas seul. On a vécu dix ans ensemble. J'ai des souvenirs pour toute ma vie. Ils me suffisent. Il y a des bonheurs courts, il y a des bonheurs longs. Le mien aura duré dix ans. Voilà, dix ans : c'est ça la durée de mon bonheur. Le bonheur, le vrai bonheur je crois, c'est avoir la chance et la possibilité de mener une vie calme. Quand je pense aux dix années partagées avec ma femme, l'exacte image du bonheur, c'est les grands moments de calme vécus ensemble. Mon passé me suffit pour me tenir compagnie et c'est lui qui remplit ma vie. Ne rêvez pas d'être ma femme, Léa. Je ne suis pas un homme pour l'avenir. Je vis le présent parce qu'il me permet de me souvenir et si je ne m'en souviens pas, qui s'en souviendra ? Il ne faut pas chercher à prendre la place d'Ella. Il ne faut pas parce qu'elle n'est plus là pour la défendre. Elle n'a plus que moi pour la protéger. »

Assise sur la chaise de Mme Andrée, Léa semblait toute petite. Comme de juste, elle pleurait et moi aussi je pleurais.

« Je voulais seulement vous dire, Léa, que j'ai besoin de vivre tranquille. Seulement tranquille. Ma vie est faite comme ça maintenant : de tranquillité. Et ne croyez pas que je suis insensible à votre présence à l'atelier quand nous sommes seuls. Elle me rend l'après-midi plus douce et le verre de thé que vous m'apportez me réchauffe le cœur plus que vous ne croyez. Mais toute cette conversation est inutile parce qu'elle ne mène nulle part, et c'est parce qu'elle ne mène nulle part qu'elle doit s'arrêter.

— Vous croyez que ça a été facile de parler

comme je l'ai fait ? Vous croyez que je n'y pense pas depuis des semaines et des semaines ? Je n'ai jamais entendu parler de divorces dans ma famille et je crois bien que je n'ai jamais vu de divorces chez les gens que je connais. Et je sais que le divorce est une catastrophe. Alors il faut me croire quand je vous dis que je me sens très malheureuse. Peut-être que j'ai trop rêvé ou peut-être que je me suis mariée trop jeune. Je ne sais pas. Mais je voudrais savoir ce qu'il faut faire lorsqu'on a mal au ventre quand un homme vous regarde et qu'on croit que le cœur va s'arrêter de battre tellement il bat plus fort. Ça aussi c'était difficile à dire, mais si je ne l'avais pas fait maintenant, je n'en aurais plus jamais eu le courage.

— Vous êtes folle, Léa... Ou peut-être pas. Mais vous êtes folle de me dire ça à moi. Alors il vaut mieux que je parte maintenant. Mais avant je veux encore vous raconter une histoire : c'était quand Albert était encore en Pologne et qu'il avait dix-sept ans. Il était très ami avec un garçon de son âge, et ce garçon, sans qu'on sache pourquoi, ne supportait pas son jeune frère qui avait treize ans, je crois. Albert souffrait de voir tout ce que l'aîné faisait endurer au plus jeune et un jour, sans aucune raison, il a giflé le petit de toutes ses forces. Oui, le petit. L'aîné a tout d'abord était stupéfait, et puis, absolument révolté par ce geste qu'il trouvait terriblement injuste, à son tour, il a violemment giflé Albert qui n'a pas protesté. Ils ne se sont plus adressé la parole. Bien des années après, ils se sont retrouvés à Paris. C'était juste avant la guerre. Les deux frères étaient associés dans la même affaire : ils étaient devenus inséparables. Et les deux frères, quelques années plus tard encore, ont été arrêtés le même jour et déportés dans le même convoi.

— Albert ne m'avait jamais raconté cette histoire.

— Moi, quand il me l'a racontée, il pleurait. Et cette histoire, vous voyez, je crois que je la comprends mieux maintenant qu'à mon tour je l'ai racontée. Comme si, la racontant à haute voix, j'entendais quelque chose que je ne savais pas encore. Voilà. C'était tout. Maintenant je crois que je peux partir. Si Albert demande pourquoi je n'ai pas fini le travail, vous lui direz... je ne sais pas, vous lui direz ce que vous voudrez... Bonsoir Léa. »

Léa m'a dit bonsoir aussi. En descendant l'escalier, je l'ai imaginée seule, à l'atelier, assise encore un moment, à la place de Mme Andrée, avant de se décider à rapporter à la cuisine le verre de thé vide, au fond duquel, comme d'habitude, il restait un peu de confiture de fraises mal remuée.

« Paula, Paula »

« Qu'est-ce que t'as besoin d'un centimètre maintenant ? Tu veux savoir si avec un
coup de fer, on peut faire un 46 d'un 42 ? »

J'avais emprunté le centimètre que
M. Albert a toujours autour du cou, juste
pour mesurer un paquet enveloppé dans un
magazine et maintenu par une ficelle, que
Mme Paulette avait déposé près d'elle en
arrivant.

« Vingt centimètres sur vingt ! Exactement
la taille d'un paquet de matzé. Si vous avez
honte de vous promener dans la rue avec un
paquet de matzé de chez Rosinski, madame
Paulette, allez acheter plutôt une baguette,
ça sera moins voyant.

— Vous vous trouvez intelligent ? »

Dire que je m'étais trouvé spécialement
intelligent, on ne peut pas. Mais je ne l'ai pas
dit. Je ne l'ai pas dit parce que Mme Paulette
m'énervait. Mais elle ne m'énervait pas

comme les assimilés qui, eux, avaient pourtant cessé de m'énerver le jour où j'ai compris qu'ils ne se sentaient pas vraiment juifs. Encore que, depuis qu'ils ont eu leur part de surprises entre l'étoile jaune, Drancy et la route vers l'Europe de l'Est qu'ils méprisaient tant, ils me sont devenus plus fraternels ou, plutôt, je leur suis devenu plus fraternel puisque ceux qui en sont revenus vont sûrement rester juifs jusqu'à la fin de leurs jours.

Mais Mme Paulette n'était pas assimilée. Le matzé (même enveloppé dans un magazine), son accent, sa présence à l'atelier, ça faisait beaucoup d'obstacles sur le chemin de l'assimilation. Plus simplement, Mme Paulette m'énervait parce que j'avais l'impression que la Juive qu'elle était avait honte de l'être.

Pourtant, c'est ni content ni pas content de moi que j'ai été rendre son centimètre à M. Albert avant de retourner à ma table de presse.

M. Albert gardait toujours son centimètre autour du cou, parce que c'est une habitude qu'il avait prise du temps où il ne faisait que du « sur mesure ». Comme il a déjà eu l'occasion de le dire, M. Albert, comme tailleur, c'était quelqu'un. Pendant la guerre, quand il travaillait pour le compte de M. Dumaillet, le tailleur de la rue de Sèvres qui l'avait caché dans une chambre de bonne, M. Albert avait dans ses moments de solitude du temps de libre et il avait occupé ce temps à inventer une méthode de coupe qui tenait en deux pages et qui, normalement, aurait pu le faire rentrer dans le monde des inventeurs de méthodes de coupe, aux côtés de Napolitano, s'il avait pensé à la faire publier. Mais comme M. Albert le disait : « Ma méthode c'est seulement une méthode de secours car elle tient pliée en quatre dans la poche d'un veston. » Et il précisait qu'elle n'était à utiliser qu'en cas de disparition complète de toutes les autres méthodes. Celle de M. Albert reposait sur le principe suivant : un vêtement, pour qu'il tombe bien, doit être assemblé de manière à ce que toutes les coutures d'assemblages ou de pinces passent obligatoirement par certains points du corps comme le point de poitrine, le creux d'encolure, la descente d'épaule, la ligne de ceinture, la profondeur d'emmanchure, la hauteur du coude, etc. M. Albert avait aligné sur une page des chiffres et un tracé qui indiquaient l'emplacement et les distances entre ces différents points pour une taille 44, et sur une autre page, d'autres chiffres et un autre tracé pour établir un système de graduation pour les autres tailles. À partir de là, on pouvait reconstituer tous les modèles voulus.

Mais si, malheureusement, la plupart des tailleurs ont été éliminés pendant la guerre, il y a eu, Gott tzu dank[1], quelques survivants pour se souvenir des techniques traditionnelles de coupe et M. Albert a rangé sa méthode pliée en quatre dans un tiroir.

Pourtant, tout bon tailleur qu'il soit, à cause de la gratitude qu'il a pour M. Dumaillet, le dernier costume que M. Albert s'est fait n'a pas de doublure dans le dos.

Quand M. Dumaillet, qui vient quelquefois à l'atelier saluer M. Albert et Mme Léa, est venu leur apprendre que son fils allait se marier, M. Albert s'est engagé spontanément à faire en cadeau de mariage le costume du père et celui du fils. Mais comme les Dumaillet avaient fixé la date du mariage sans rien demander à personne, c'était tombé, bien entendu, en pleine saison. Si bien que, à cause des deux essayages et malgré les nuits passées à l'atelier pour terminer les deux costumes promis (entre nous, le trois-pièces du père était une parfaite réussite), M. Albert n'avait pas eu le temps de terminer le sien.

---

1. Dieu merci.

« Tu te rends compte, avait dit Mme Léa un peu honteuse, un tailleur avec une veste sans doublure !

— Qui est-ce qui ira voir dedans ? » avait répondu M. Albert. Et il avait assisté à toute la cérémonie sans déboutonner son veston.

À propos de Dumaillet, parce que je l'appelais toujours Du Mayer, Jacqueline avait cru dur comme fer que M. Dumaillet était juif et que Dumaillet c'était seulement le nom qu'il s'était choisi pendant la guerre et qu'il avait gardé depuis.

« Mais Jacqueline, je lui ai dit, s'il avait été juif, il ne se serait pas appelé DU Mayer, mais Mayer tout court.

— Mais on dit bien le baron DE Rothschild.

— C'est vrai, vous avez raison, sauf que M. Dumaillet, lui, il n'est pas baron.

— Alors pourquoi vous l'appelez toujours Du Mayer, s'il n'est ni juif, ni baron ? »

Je ne me souviens plus de ce que j'ai répondu exactement. La vérité, c'est que je pensais qu'à cause des risques qu'il avait pris pour venir en aide à M. Albert pendant la guerre, il avait mérité de s'appeler comme ça. Mais naturellement, ça, je ne pouvais pas le dire.

M. Albert, lui, ne se contente pas de faire des costumes sur mesure pour M. Dumaillet et son fils. De temps à autre, muni de son centimètre, d'une craie et d'un coussinet d'épingles accroché à l'avant-bras, il va dans une petite pièce qui précède l'atelier et où sont stockés les tissus, et qui est généralement réservée à la clientèle du « sur mesure ». Comme pour s'excuser d'accepter du travail supplémentaire, il dit que c'est pour ne pas perdre la main. Moi, je pense que c'est surtout pour s'occuper le temps de la morte-saison et ne pas rester à nous regarder faire les quelques pièces qu'il y a à livrer chez Wasserman.

La mesure, ça réserve aussi parfois des surprises. Un jour, M. Albert est revenu de la petite pièce les bras grands écartés.

« Tu sais ce que c'est ça Léon ? C'est le tour de poitrine d'une dame qui vient de sortir.

— Vous l'avez mesurée avec vos bras ?

— H'ouh'em[1] ! C'est la poitrine la plus extraordinaire que j'ai jamais rencontrée. Une Américaine. À peu près 160 centimètres.

— À peu près ? Vous faites dans " l'à-peu-près " maintenant, monsieur Albert ? Et votre centimètre, vous l'avez laissé accroché où ?

— Mon centimètre ? Trop court. Quand j'ai vu qu'il ne faisait pas le tour de poitrine,

1. Gros malin.

171

j'ai pas osé faire une marque pour mesurer le bout qui manquait. J'ai jugé au coup d'œil. Quelqu'un ici à déjà vu une pareille poitrine ? »

Machinalement, en posant sa question, M. Albert a arrêté son regard sur Maurice et je crois qu'il a dû penser que c'était une bêtise, parce que, sans attendre de réponse, il est retourné à sa table de coupe en se disant peut-être que, ces dernières années, Abramauschwitz avait plutôt rencontré des gens qui rentraient à plusieurs dans un centimètre.

Pour revenir à Mme Paulette, les magazines, elle ne s'en sert pas seulement pour faire envelopper les paquets de matzé. Elle les lit aussi. Après quoi, elle parle des gens du monde comme si elle les connaissait. Il arrive même qu'elle les appelle par leur prénom. Des fois, pour me moquer, je parle comme elle : «Tiens, Édith va passer à l'ABC. » Mais Mme Paulette ne s'en rend pas compte. Elle dit « Oui, je sais » et elle parle du prochain mariage probable d'Édith Piaf. Parce que c'est surtout ça qui l'intéresse : les mariages et les divorces.

Depuis le temps, toutes les vantardises de Mme Paulette devraient me laisser indifférent, mais moi ça m'énerve. Avec elle c'est toujours : « Je le sais, je l'ai déjà vu, je l'ai déjà lu. » Mais sa spécialité, c'est surtout : «Je le connais. » Et des fois elle ajoute (surtout quand c'est à moi qu'elle s'adresse) : « Mieux que vous. » Et là, je ne peux pas m'empêcher de rentrer dans une discussion avec elle pour la prendre en défaut.

Une fois, pour lui tendre un piège, j'ai été jusqu'à inventer un nom en disant que c'était un nouveau comédien et toute une histoire qui allait avec. Et quand elle m'a dit une fois de plus qu'elle le connaissait, j'ai cru triompher en révélant ma supercherie. Et qu'a répondu Mme Paulette ? « Je sais bien, je l'ai dit exprès. »

Chez Mme Paulette, il n'y a pas la place pour admettre que je peux avoir raison. Surtout plus souvent qu'elle. Mais elle a une excuse : elle ne sait pas exactement ce que c'est la raison. Elle n'arrive pas à comprendre qu'avoir raison c'est dire des choses d'après les connaissances qu'on en a ou d'après le bon sens. Elle pense que, dans la vie, les gens doivent avoir raison à tour de rôle comme lorsqu'on faisait la queue chez le boulanger, avec en plus un système de priorité puisque les vieux ont forcément plus souvent raison que les jeunes. Et chaque fois, elle finit par utiliser le même argument : « Pourquoi voulez-vous toujours avoir raison ? »

Et elle met ça sur le compte de mon caractère.

Il me faut convenir que toutes ces discussions ne sont pas vraiment intéressantes, mais comment peuvent-elles être intéressantes puisque même quand il m'arrive de la prendre en défaut, elle m'envoie un rire forcé du genre : « Hi-hi-hi ! » contre lequel je ne peux rien parce que qu'est-ce qu'on peut répondre à un rire forcé. Pour moi, un rire c'est « Ha-ha-ha » ! Mais pour Mme Paulette, non ! Pour elle, c'est « Hi-hi-hi » ! Alors là, c'est des moments où elle m'énerve tellement, que je gagne presque dix minutes sur le repassage d'une pièce et c'est moi qui arrête la discussion parce qu'on ne peut pas gagner dix minutes sur chaque pièce sans que ça se ressente sur la qualité du travail.

Kinman, le metteur en scène du Théâtre Yiddish, m'a dit une fois que, dans la troupe, le jour où il fait le plus attention, c'est celui de la distribution des rôles. Qu'il ne faut pas donner au comédien un rôle où il est soi, mais lui donner le goût et la possibilité d'être quelqu'un d'autre.

Dans ses exemplaires des pièces qu'il met

en scène, il a noté des phrases de Louis Jou-vet avec qui il avait eu de grandes conversa-tions. Des phrases que j'avais retenues :

« On fait du théâtre parce qu'on a l'impression de n'avoir jamais été soi-même et qu'enfin on va pouvoir l'être. »

Et puis encore :

« Le comédien veut se fuir, se quitter lui-même pour se délivrer, se trouver, se révéler, et il veut fuir la médiocrité, le conventionnel, le mensonge insupportable de sa vie. »

« Si un jour tu montes une pièce, m'a dit aussi Kinman, donne au comédien un rôle auquel il ne s'attend pas, ne l'enferme pas dans un emploi et il sera obligé d'inventer, d'observer, d'imaginer, et il aura la surprise de voir — si c'est un bon comédien — que les gens ne sont pas faits d'un seul bloc. »

C'est à ça que j'ai pensé après une dis-cussion que j'ai eue avec M. Albert, un jour où je suis arrivé tôt à l'atelier et que j'ai vu Mme Paulette se moucher très fort. Il m'a semblé qu'elle en profitait pour essuyer quelques larmes. Comme c'était la première fois, j'ai posé la question à M. Albert à un moment où c'était possible, parce que, s'il y a quelque chose que je n'imaginais pas, c'était justement ça : Mme Paulette avec des larmes.

« Les larmes, c'est le seul stock qui ne

s'épuise jamais », a dit M. Albert, et il m'a raconté l'histoire de Mme Paulette :

« Je connais Mme Paulette depuis avant la guerre. On travaillait dans le même atelier et à l'époque on ne payait pas avec le même système qu'aujourd'hui. Le patron payait le mécanicien à la pièce comme maintenant, mais pour une pièce entièrement montée, retournée et doublée, et chaque mécanicien avait sa propre finisseuse à qui il donnait une partie de son salaire. Et naturellement, si la finisseuse ne suivait pas, ça mettait le mécanicien en retard pour son travail. Mme Paulette était à la fois la finisseuse et la femme de son mécanicien, et de peur que Mme Paulette ne suive pas assez vite, à longueur de journée il lui disait : " Paula, Paula ", sans lever la tête de sa machine. (Paula c'est son vrai prénom.) Je crois bien qu'à l'atelier on ne lui a jamais entendu dire autre chose que " Paula, Paula ". Quand il lui arrivait d'aller aux toilettes, tout l'atelier prenait le relais et en chœur on reprenait : " Paula, Paula. " Un jour, ils ont eu assez d'argent pour s'installer à leur compte. Mais c'est pas un atelier qu'ils ont ouvert. Ils ont pris une boutique rue de Passy ou rue de la Pompe... Je ne sais plus très bien, en tout cas dans ce quartier-là, et sur la boutique ils ont fait écrire : " Coup de fer à la minute. " Depuis ce jour-là, Paula est devenue Mme Paulette parce que c'était une idée à elle. Comme c'est un quartier où il y a une belle clientèle, au début, ça marchait plutôt bien. Il y avait même des acteurs qui devaient habiter le coin et qui au dernier moment avaient souvent besoin d'un coup de fer sur un costume de soirée. Des gens comme Pierre Richard Wilm ou Georges Grey elle m'a dit, je crois, et qui des fois se dérangeaient en personne.

« Et Mme Paulette qui tenait la caisse et recevait la clientèle avait tout à coup, en vrai, devant elle, dans sa propre boutique, des gens qu'on voyait en photo dans les magazines. Du coup, elle a eu la folie des grandeurs et elle s'est mise à penser que si des gens connus, importants, lui adressaient directement la parole, c'est qu'elle était réellement devenue Mme Paulette et que ces personnages importants, elle allait leur ressembler et même croire qu'elle aussi devenait à son tour quelqu'un d'important.

« Seulement, dans l'arrière-boutique, le mari, lui, il est devenu comme quelqu'un qui a encore une fois quitté son shtetl. Alors, pour se faire du bien, de temps en temps il revenait nous voir à l'atelier. Mais pour nous, le système de travail n'avait pas changé, chaque mécanicien avec sa finisseuse essayait chaque jour de sortir un maximum de pièces.

Et forcément on n'avait pas beaucoup le temps de parler avec lui. Alors il s'est mis à fréquenter un café juste derrière le carreau du Temple où quelques Juifs jouaient aux cartes à longueur de jour. Et là, comme on parlait, et en yiddish, de la situation internationale qui commençait à aller bien mal, le mari de Mme Paulette s'est senti à nouveau comme chez lui. Seulement, rue de la Pompe, c'est plus " coup de fer à la minute " qu'il aurait fallu écrire, mais " coup de fer à la journée " et même plus. Et malgré les soirées à essayer de rattraper le temps perdu, les vedettes sont devenues plus rares et c'est ça surtout qui a rendu Mme Paulette vraiment malheureuse, et pas à cause du commerce gâché comme on l'a dit.

— Et le mari, qu'est-ce qu'il est devenu ? Il a été déporté ?

— Non, non. Comme ça allait mal entre eux, il a décidé de voler de ses propres ailes et il a pris le bateau pour l'Argentine. Il a dit qu'il lui écrirait pour essayer de la faire venir.

— À mon avis, il a pas écrit.

— À mon avis non plus. Mais qu'est-ce qu'on peut savoir ? De toute façon, la guerre est arrivée. Entre-temps, Mme Paulette avait revendu son fonds et elle est redevenue finisseuse.

178

— Et elle a arrêté de fréquenter des vedettes.

— Voilà. Mais elle en a quand même vraiment connu, même si c'est pas tout à fait comme elle le dit.

— Alors, c'est pas plus simple d'expliquer ? Elle en parle toujours comme si elle se vantait.

— Oui, c'est vrai, des fois elle se vante. Parce que je t'ai dit : c'est peut-être le seul moment de sa vie où elle s'est sentie importante. Et puis, elle ne peut pas faire autrement, sinon il faudrait tout raconter : " Paula, Paula ", les jeux de cartes, l'Argentine et tout le reste. La réalité, c'est que je crois que Mme Paulette ne sait plus qui elle a vraiment rencontré dans sa boutique. Et comme elle lit toujours les magazines, elle se donne l'illusion de toujours connaître des personnages célèbres. »

Après ce jour-là, et aussi à cause des larmes essuyées avec son mouchoir, j'ai décidé de laisser Mme Paulette vivre tranquillement avec ses rêves, et voilà qu'une fois, à la suite de je ne sais plus quelle discussion, elle me dit que, puisque je passais mon temps à critiquer, j'aurais dû être critiqueur dans un journal.

179

« Critique, madame Paulette, pas critiqueur. Critique. Mais vous savez, madame
Paulette, j'ai dit avec patience, il n'y a pas que
des mauvaises critiques, il y a aussi des
bonnes critiques. On entend même dire des
fois : " Il a fait une critique élogieuse de la
pièce et des décors " ou d'autres choses
comme ça. Et puis de toute façon, où voulez-
vous que je prenne le temps d'être critique ?
Déjà que je suis presseur ET comédien.

— Hi, hi, hi. »

Ça y est. Elle recommence déjà avec ses
« Hi, hi, hi ».

« Quand un Juif reçoit une gifle,
il se fait en plus un ennemi »

(Proverbe yiddish)

Si vous n'avez jamais piqué de teddy-bear à
la machine, vous pouvez vous vanter de
l'avoir échappé belle.

Le teddy-bear c'est comme de la fourrure,
mais ça n'a rien à voir avec de la fourrure. Et
il suffit de voir les poils voler partout dans
l'atelier quand on le pique à la machine, justement, pour savoir que les fourreurs n'ont
pas à s'inquiéter de la concurrence.

« Qu'est-ce que c'est que ce tissu ? a dit
Jacqueline le jour où on a assemblé la première pièce. On en prend plus avec le nez
qu'avec une pelle.

— Ah, parce que c'est du tissu ? » a dit
Léon.

Sa voix s'est éraillée sur le mot « tissu ».

« Le teddy-bear, c'est à la mode cet hiver »,
a seulement dit M. Albert.

C'était la bonne réponse, parce que contre
la mode on ne pouvait rien. Et comme la

181

morte-saison arrive toujours à l'heure, il a fallu accepter de passer l'hiver à voir voler des poils de teddy-bear.

« Pourquoi c'est un nom anglais ? a demandé Jacqueline.

— À cause de Théodore Roosevelt », a répondu Charles.

Jacqueline a ouvert les oreilles :

« Le président américain ?

— Oui, mais l'autre : son cousin.

— C'est lui qui a inventé ce tissu ? » a encore demandé Jacqueline.

Même Charles a souri. Parce que ce qui était bien avec Jacqueline, c'est qu'on pouvait rire de ce qu'elle disait sans que jamais elle donne l'impression qu'on se moque d'elle. Et comme de toute façon personne à l'atelier ne voyait le rapport avec Roosevelt, on ne voit pas bien pourquoi on se serait moqué de Jacqueline.

« Non, il n'a pas inventé le teddy-bear, a dit Charles. Mais Teddy, c'est le diminutif de Théodore, et comme c'était un grand chasseur d'ours, on l'a appelé teddy-bear. Bear, en anglais, ça veut dire ours. »

Les savoirs de Charles faisaient chaque fois l'admiration de tout le monde. C'est surtout dans les regards et dans le silence qui suivait que ça se voyait. Et c'est justement dans le silence qui a suivi que Mme Paulette a dit : « Ah oui, c'est vrai, je le savais. »

Léon a failli reposer son fer pour lui répondre.

Parce que le rêve de Léon, c'était ça : que Mme Paulette reconnaisse au moins une fois son ignorance devant tout l'atelier. Mais il a dû se demander comment il pourrait prouver qu'elle ne savait pas ce qu'elle disait savoir, alors pour ne pas rentrer dans une discussion inutile il a jugé plus sage de continuer à repasser. Seulement voilà, c'était trop tard. Parce qu'on voyait bien à la tête que faisait Léon, que le plaisir que venait de lui donner Charles avait été gâché par la réplique de Mme Paulette.

Tout ça pour vous dire qu'à cause du teddy-bear, on nous trouvait Charles et moi, chaque matin en ce moment, déjà installés à la machine avant que les autres ne prennent leur place à l'atelier.

J'ai déjà dit que Charles participait rarement aux discussions. Mais le matin, comme ça, quand on est encore seuls, assis face à face, il arrive qu'on parle un peu.

Il y a quelques jours, quand je suis arrivé à l'atelier, Léon aussi était déjà là. En attendant que son fer chauffe, il s'était installé dans une discussion avec Charles à propos d'un article paru dans *Franc-Tireur*, que Léon achetait tous les matins et qu'il tenait grand ouvert sur sa table de presse.

Trois collaborateurs, journalistes à *Je suis partout*, venaient d'être condamnés[1]. Leur procès avait duré une semaine et un journaliste de *Franc-Tireur* trouvait injuste que deux d'entre eux, à cause de ce qu'ils avaient écrit, aient été condamnés à mort, alors que certains officiers supérieurs n'étaient condamnés qu'à des peines légères. Léon avait l'air d'accord avec l'article, mais pas avec Charles.

« Il y a des porte-plume, disait Charles, qui sont plus coupables que des fusils. Si un militaire ou un milicien a arrêté et tué des Juifs et des Résistants, c'est vrai qu'il est coupable et il faut le condamner parce qu'une fois en prison il n'est plus dangereux. Mais les journalistes de *Je suis partout* sont plus coupables parce qu'ils sont plus dangereux. C'est à cause de leurs articles que des miliciens se sont engagés. C'est parce qu'ils ont écrit : " Mort aux Juifs ", que la police en a arrêté des milliers. Tu en connais beaucoup qui ont protesté ? Tu crois qu'il y aurait eu autant de Juifs dénoncés si les Français n'avaient pas lu ce qu'ils ont lu dans leurs journaux ? Moi je n'ai eu aucune pitié quand Brasillach a été fusillé. Et j'en aurai pas non plus quand

---

1. Il s'agit de Lucien Rebatet, de Pierre-Antoine Cousteau et Claude Jeantet. Le 23 novembre 1946, les deux premiers ont été condamnés à mort, le troisième aux travaux forcés à perpétuité.

Rebatet sera fusillé à son tour au fort de Montrouge. J'en aurai pas parce que leurs idées c'est comme le venin. Elles continueront malheureusement à circuler. Même après leur mort[1].

— J'ai jamais dit que j'avais pitié, a répondu Léon en vérifiant la chaleur de son fer, j'ai seulement dit qu'ils n'avaient pas de sang sur les mains.

— Justement, ils ont du sang sur les mains. Ils en ont parce qu'ils sont responsables. Un intellectuel c'est quelqu'un de responsable. C'est le premier responsable... »

On a entendu la radio s'allumer dans la cuisine de Mme Léa. La discussion s'est alors arrêtée parce que les finisseuses allaient bientôt arriver et on n'avait pas encore sorti une seule pièce de la machine. De toute façon, à l'atelier, une discussion interrompue finit toujours par reprendre. Surtout avec Léon. L'occasion de la reprendre lui a été donnée le jour même quand on est descendus prendre le café, lui et moi, au coin de la rue Saint-Claude. En remuant son sucre dans sa tasse, il avait machinalement regardé vers le comptoir, et brusquement il est devenu tout blanc.

« Il y a quelque chose qui va pas ?

1. Rebatet n'a pas été fusillé. Il a été gracié le 12 avril 1947, et libéré en 1952.

— J'ai été en prison avec ce type, a dit Léon sans quitter le comptoir des yeux.

— En prison ? »

J'ai suivi le regard de Léon : appuyé au comptoir, un homme qui pourtant n'avait pas l'air juif finissait une bière.

« Oui. Pas longtemps. Une journée. Mais c'était assez. Celui-là, je ne l'oublierai pas : c'est un fasciste. »

L'homme est sorti du café sans nous remarquer. Quand je me suis retourné vers Léon, il essayait de boire son café. Mais sa main tremblait trop. Alors il a reposé sa tasse et il a raconté :

« C'était un peu avant votre arrivée à l'atelier. En 45, en avril 45. Ça a commencé au 3, rue des Guillemites, derrière la rue des Francs-Bourgeois. Y'a un type qui malgré un avis d'expulsion refusait de rendre son logement à un Juif qui venait de rentrer de déportation. Une première fois déjà, un huissier accompagné d'un commissaire avait dû battre en retraite devant une bande organisée prévenue par l'occupant. Et cette fois encore, malgré la présence d'un car de police dans la rue, une trentaine de fascistes ont empêché le déménagement et, avec des types venus d'un peu partout, ils ont aussitôt organisé une manifestation antisémite. Ils étaient peut-être cinq cents rue Vieille-du-

Temple qui criaient : "La France aux Français ! Mort aux Juifs !" Ils étaient dirigés par
un lieutenant en uniforme et ils agressaient
les Juifs chaque fois qu'ils en reconnaissaient
un.

— Je ne savais pas que les Français étaient
comme les Polonais : qu'ils savaient
reconnaître un Juif.

— Ils avaient eu le temps d'apprendre.
Ceux-là, en tout cas.

— Mais je ne comprends pas, les miliciens
n'avaient pas été arrêtés à la Libération ?

— Pas tous, a répondu Léon rapidement :
c'est pour ça que j'étais pas d'accord avec
Charles, ce matin. Les fascistes sont capables
du pire. La France était libérée, on se battait
déjà dans les rues de Berlin, et là, en plein
Paris, des fascistes criaient à nouveau "Mort
aux Juifs ! ". Dans leur tête, puisque beaucoup étaient libres, c'est que rien n'avait vraiment changé. Il ne faut pas oublier qu'à cette
époque les procès de Pétain et de Laval
n'avaient pas encore eu lieu. Ce n'est que le
mois dernier, qu'au procès de Nuremberg les
criminels de guerre nazis ont été condamnés,
et encore pas tous.

— Mais ça donne plutôt raison à Charles,
sur les idées qui circulent...

— Ça nous donne raison à tous les deux. Il
faut punir les coupables. Pas forcément ceux

187

qui ont crié " Mort aux Juifs ! ", parce que s'il fallait tous les arrêter... Pas pour se venger non plus, même si ça fait du bien. Mais parce que si les coupables sont en liberté, ceux qui sont morts alors, ils sont morts pour quoi ? Pour rien ?

— Mais la police, ce jour-là, elle n'a rien fait ?

— Si, mais après. D'abord dans le quartier on a vite été prévenu de ce qui se passait. Les manifestants, on les a retrouvés rue du Roi-de-Sicile et il y a eu une véritable bataille rangée. Ceux qui disaient que les Juifs étaient trop lâches pour se battre ont dû regretter de l'avoir seulement pensé. Quand je suis arrivé, il y avait deux salauds qui frappaient à coups de pied un vieux Juif tombé par terre. J'ai cru devenir fou. J'avais vu les premières photos des camps — je ne vous apprends rien — et ce qui se passait devant moi, pour moi, c'était la même chose. Je me suis souvent dit depuis, que, si ce jour-là j'avais eu en main le revolver qu'on m'avait donné dans la Résistance, j'aurais pu les tuer. Je tapais encore dessus quand les flics m'ont arrêté.

— Mais pourquoi c'est vous qu'ils ont arrêté ?

— Pourquoi ? Par habitude, sans doute. Et puis ils n'ont pas regardé, ils ont fait un lot du tout. Et le plus drôle, Maurice, c'est qu'il y avait plus de Juifs arrêtés que de fascistes. Et celui-là qui vient de sortir, c'est un des fascistes qui s'est retrouvé au poste de police avec moi. »

Le froid est entré dans mon corps et j'ai mis mes mains dans mes poches de pantalons comme chaque fois que je sens ce froid-là. On croit n'avoir plus rien à apprendre et voilà que dans ce monde libre et presque paisible dans lequel j'étais finalement arrivé, le fascisme existait encore et ne prenait même pas la peine de se cacher. J'apprenais en même temps que ma présence dans ce café était une erreur, que je n'aurais sûrement jamais dû me trouver là. Et je ne voyais même pas Jacqueline qui était descendue de l'atelier et qui se tenait debout face à moi et qui me parlait. Et je ne comprenais rien à ce qu'elle me disait ni ce qu'elle me voulait. C'est après un moment seulement que j'ai compris qu'elle venait nous chercher parce que, disait-elle, si Léon et moi on avait décidé de rester au café pour discuter, là-haut, avec Mme Andrée et Mme Paulette, elles allaient bientôt se tourner les pouces, et pour se tourner les pouces, elle était aussi bien chez elle qu'à l'atelier.

Cet après-midi-là, les poils de teddy-bear ont beaucoup volé dans l'atelier de M. Albert.

De cette histoire, je n'ai pas encore tout dit, parce qu'on peut dire qu'elle a une suite.

La suite, je l'ai apprise par hasard et aussi en partie par Léon encore une fois. Le hasard, c'est que, quelques jours après l'histoire du café, j'ai rencontré Charles qui rentrait dans un hôtel de la rue de Turbigo. Le « Paris-France Hôtel ». J'avais été surpris parce qu'au moment de mon arrivée à l'atelier j'avais vaguement compris que Charles, poussé par M. Albert, avait à la suite d'un procès difficile obtenu la restitution du logement qu'il occupait avant la guerre avec sa femme et ses enfants.

Et Léon m'avait raconté qu'à la suite des ordonnances concernant la réintégration des logements par un des membres survivants d'une famille déportée, plusieurs associations s'étaient créées.

« Pas des associations juives, avait précisé Léon, mais des ligues fascistes qui n'avaient pas compris ni accepté que des Juifs soient revenus. Et, contre la " prétention " de ces Juifs à vouloir rentrer dans leurs meubles, ils ont créé " La Renaissance du foyer français " et " La Fédération des locataires de bonne foi " qui avait son siège au 10, rue de Lancry.

— Au 10, rue de Lancry ? Là où il y avait la Ligue Culturelle Juive ?

— Oui monsieur, justement là, a dit Léon en prenant l'accent yiddish.

— Mais pourquoi justement là ?

— Ça, je l'ai jamais su. Et comme ils ont organisé encore d'autres manifestations avec toujours le même programme : la France aux Français, les Juifs aux fours crématoires et tout le reste, il y a eu des perquisitions au siège de ces organisations et la police a trouvé des listes d'équipes de choc préparées pour intervenir par la force. Alors finalement, ces organisations ont été dissoutes.

— Et leurs membres, qu'est-ce qu'ils sont devenus ?

— On en rencontre des fois dans les cafés, buvant une bière allemande », a répondu Léon en souriant.

Je n'ai plus posé de questions. C'est de lui-même que Léon a reparlé de Charles.

« Au début, quand Charles disait encore qu'il devrait peut-être essayer de récupérer son appartement, M. Albert avait compris qu'il ne le ferait pas. Il m'avait dit qu'il pensait que ça voulait dire que Charles avait peut-être cessé de croire au retour de sa famille. Ensemble, parce qu'il savait que Charles n'irait pas tout seul, ils étaient allés à la permanence de l'UJRE, rue de Saintonge, et un

191

avocat s'était occupé de l'affaire. Ça a pris du temps, mais finalement Charles a pu récupérer son appartement. Seulement, en compensation, le propriétaire a obtenu 8 800 F de loyer pour la période ou Charles avait " habité " ailleurs.

— Mais l'hôtel ?

— L'hôtel, c'est celui dans lequel Charles est venu habiter à la Libération et qui bien sûr se trouve juste en face de son appartement. Il se disait probablement que, de là, il pourrait mieux surveiller les allées et venues de l'immeuble... Guetter un retour... Et puis finalement il est resté vivre dans cet hôtel qui lui coûte soixante francs par jour.

— Et son appartement ?

— Il est toujours là, vide, sans rideaux aux fenêtres. Mais le propriétaire ne peut rien, parce que Charles paye régulièrement le loyer de son appartement. Je passe des fois rue de Turbigo, parce que près de son immeuble il y a une boutique de fournitures pour tailleurs, mais je n'ose pas lever la tête vers les fenêtres de l'hôtel. J'ai trop peur de voir Charles collé aux vitres de sa chambre guettant une présence au deuxième étage de l'immeuble d'en face. »

Un jour, je ne sais plus à propos de quoi, Jacqueline m'avait demandé : « Quand un enfant meurt, qu'est-ce qu'on fait de ses affaires ? »

Je n'ai pas répondu. Est-ce que je sais, moi, ce qu'on fait des affaires d'un enfant quand il meurt chez lui ?

Un drôle de numéro

Le premier jour, on s'était seulement dit nos noms.

« C'est quoi ton nom ?

— Maurice.

— Moi, c'est Simone. »

Et ça avait été à peu près tout.

Elle ne posait pas de questions. Comme ça, je n'avais pas besoin d'inventer des histoires. Quand je parlais, c'était bien. Sinon, rien. Elle non plus ne me racontait rien de ses histoires. Je crois que ça a renforcé nos liens.

Pendant plusieurs mois, j'allai la voir tous les dimanches matin. Je lui donnais son argent puisque c'était son métier. Je posais l'argent sur une petite table près du lit comme je savais que ça se faisait une fois qu'on connaît le prix. Pendant que je me rhabillais, elle restait allongée, draps et couvertures jusqu'au menton. Je trouvais bien de

194

partir comme ça, avec elle restant au lit à chaque fois.

Ce n'est pas Simone que j'ai d'abord connue.

C'était un peu après mon arrivée à Paris. Je cherchais une place de mécanicien à une adresse qu'on m'avait indiquée. La place était déjà prise mais j'ai bien retenu le nom de la rue. C'est la rue où les filles font les cent pas sur le trottoir. Et c'est seulement une fois installé à la machine chez M. Albert que je suis retourné dans la rue Saint-Denis.

Au début, je changeais souvent. On peut même dire que je changeais à chaque fois. Pourquoi je changeais ? Je ne crois pas que je pourrais vraiment l'expliquer. En gros, je ne voulais pas m'embarquer dans des complications.

Simone était rousse. Je m'étais dit : « Pourquoi pas une rousse ? »

Le dimanche d'après, quand à nouveau je suis passé près d'elle, elle m'a seulement pris la main. Je n'ai pas cherché à discuter et je suis monté.

Cette fois-là, elle avait mis une chemise de nuit à fines bretelles pour que je voie ses épaules. Elle s'était mise au lit et puis elle avait soulevé les draps. Je me suis glissé à côté d'elle.

Généralement, après, elle posait seulement ma tête sur sa poitrine.

Une fois, toujours la tête posée sur sa poitrine, je m'étais endormi plus d'une heure. Je crois qu'elle a attendu que je me réveille tout seul. Ou bien peut-être c'est elle qui a bougé. Avant de partir, j'ai posé sur la petite table un peu plus d'argent que d'habitude. J'avais peur qu'elle me remercie le dimanche suivant, mais elle n'a rien dit.

C'est comme ça que, pendant plusieurs mois, elle avait réchauffé mon dos avec son corps.

Et puis est venu le jour où, posant sa main sur mon bras gauche, elle m'a dit : « Dis donc, t'es un drôle de numéro toi ! », et comme je ne comprenais pas, sans quitter mon bras, elle a remonté ma manche de chemise.

Il y a eu trente secondes de silence pendant lesquelles je la regardai et qui l'ont obligée à s'expliquer. Elle avait joué à la Loterie nationale le numéro qu'on m'avait tatoué sur l'avant-bras et elle avait perdu. Comme elle m'aimait bien, elle s'était dit que ça lui porterait bonheur mais ça n'avait pas été le cas. Elle s'était trompée : on ne m'avait pas donné le bon numéro.

Moi, pendant ce temps je l'ai seulement écoutée. J'étais assis sur son lit, pas tout à fait déshabillé encore. Je lui ai tourné le dos penché en avant comme pour tenir ma tête dans les mains. Mais j'ai commencé à rattacher les boutons de mes manches de chemise et j'ai repris mon pantalon posé sur le dossier de la chaise. Je me disais que je devais seulement me lever, m'habiller et sortir de sa chambre. Surtout ne pas parler.

« Tu te rhabilles ? Qu'est-ce qui te prend ? Pourquoi tu ne dis rien ? »

Je la sentais dans mon dos, redressée sur le lit, pendant que je remettais mon pantalon.

« Tu vas partir sans rien dire ? Tu ne vas tout de même pas partir sans rien dire ? Mais qu'est-ce que tu as dans la tête une fois pour toutes ? Si tu veux que les gens arrêtent de dire des conneries, il faudra peut-être que tu en dises un peu plus ! On peut tout de même pas passer sa vie à vivre avec la mélancolie ! Est-ce que tu m'écoutes seulement ? »

Et parce qu'elle avait une idée juste de la vie, elle m'a proposé un café.

J'ai failli dire oui et du coup, je me suis presque poussé dehors. Je voulais lui souhaiter bonne chance et bien du bonheur, mais je n'ai rien dit. Ce que j'ai dans la tête, ça ne veut pas toujours sortir, alors c'est moi qui sors. Je ne dis pas que c'est bien, c'est seulement comme ça.

C'est une fois passé la porte que je me suis

rendu compte que j'avais oublié de lui donner son argent.

Mais je crois qu'elle aurait refusé. Je m'en suis rappelé parce qu'elle avait dit aussi que c'est pas parce que je payais que ça me donnait tous les droits et j'avais eu peur à ce moment-là, que tout à coup elle me raconte toutes les histoires que jusque-là elle ne m'avait pas racontées.

Dans l'escalier, j'avais eu envie de pleurer. Dans la rue aussi j'avais eu envie de pleurer. Mais je ne pouvais tout de même pas m'appuyer contre un mur avec tout ce monde qui passait. Alors je suis rentré chez moi.

Allongé sur mon lit, j'ai encore pensé à Simone. Et puis j'ai pensé à Mme Himmelfarb. Et c'est seulement lorsque j'ai commencé à penser à elle que le chagrin l'a finalement emporté.

C'est en 1934, vers la fin de l'été, que ma mère s'est préoccupée de me trouver une place de tailleur.

Je venais d'avoir quatorze ans, l'âge où on entrait en apprentissage. Bien souvent, c'était dans l'atelier du père. Mais mon père était cordonnier et ma mère ne voulait absolument pas me voir, à mon tour, assis sur une petite chaise basse, à tenir entre les mains les chaussures boueuses des Juifs de Szydlowiec. En plus, elle n'avait jamais pu supporter de voir mon père mettre régulièrement une poignée de semences dans la bouche. Il trouvait bien plus pratique de les présenter l'une après l'autre à l'aide de sa langue au bord des lèvres, la pointe tournée vers l'intérieur, que d'aller les chercher au fond de la grosse boîte en carton qu'une fois par mois il allait acheter chez un grossiste de Radom.

« Ma bouche, c'est une troisième main, disait-il souvent à ma mère.

— Les clients ne comprennent jamais ce que tu leur dis avec ta bouche pleine de clous.

— Ils comprennent très bien », répondait mon père en serrant les dents pour ne pas laisser échapper les semences de sa bouche.

En tout cas, ils étaient tous les deux plutôt d'accord pour que je fasse le tailleur. Mon père, parce que son père déjà avait été cordonnier et il pensait que ça pouvait s'arrêter là. Ma mère, parce qu'elle avait trop peur de se voir courir les docteurs chaque fois que j'aurais avalé un clou, et elle avait fini par trouver, à l'autre bout de la ville, un tailleur qui voulait bien me prendre en apprentissage.

Des tailleurs plus près de la maison, ça ne

manquait pas. Mais souvent, pour eux, un apprenti devait d'abord s'occuper des enfants de la maison, les amener au heder[1] et balayer l'atelier. Après, s'il restait du temps et si l'apprenti s'intéressait vraiment au métier, il pouvait toujours regarder les autres travailler mais en évitant de poser trop de questions pour ne pas déranger ceux qui avaient pour principal souci de gagner leur vie.

« Que Maurice vienne avec un dé d'homme à sa taille, le reste, il le trouvera à l'atelier. »

Et le lendemain de Kippour, assis sur un tabouret de travail, le pied droit calé sur le genou gauche, le dé bien ajusté au doigt, je me suis retrouvé dans l'atelier de M. Himmelfarb à apprendre à faire mes premiers points.

J'étais installé depuis une heure à peine, quand Mme Himmelfarb est venue s'asseoir sur un tabouret placé juste en face du mien. Je vais très vite dire comment elle était belle, mais avant — parce que ça va être important — il faut que je dise que son tabouret était un tabouret plus haut que le mien, avec deux hauteurs de barreaux.

Le premier regard que j'ai porté sur Mme Himmelfarb, c'est quand je l'ai entendue dire : « Bonjour Moïshé. » Je me suis dit

1. École maternelle religieuse.

qu'il fallait que je lui rende son bonjour et c'est ce que je fait.

Après, je n'osais presque plus la regarder parce que justement elle était si belle et aussi, bien sûr, parce que je voulais m'appliquer à coudre comme M. Himmelfarb m'avait montré. Il m'avait dit de m'entraîner d'abord à faire le point de chausson parce que c'est un point très important dans la mesure. Il fallait coudre du côté de la toile et n'attraper avec l'aiguille que la trame du tissu placé dessous. Je faisais ça avec du fil blanc à bâtir, et comme le tissu était noir, on voyait tout de suite si mes points étaient trop gros ou pas.

J'ai dit que je dirai comment Mme Himmelfarb était belle, mais elle était belle comme les mots ne peuvent pas le dire. Elle avait plein de détails que je n'ai jamais oubliés comme ses yeux noirs qui étaient noirs comme j'en avais encore jamais vu. Je voudrais, j'aimerais encore parler de ses yeux brillants, de sa bouche légèrement humide, de sa peau qui devait être si douce, mais je ne pourrai pas parce que j'ai comme une souffrance tellement le cœur me bat encore.

Et c'est là, assis face à Mme Himmelfarb, que j'ai fait mon apprentissage.

Le matin, c'est toujours un peu après mon arrivée qu'elle s'installait sur son tabouret, parce qu'avant elle avait un bébé à s'occuper.

Une petite fille. Et c'est seulement quand une jeune fille venait pour l'aider qu'elle traversait le bout de couloir qui séparait le logement de l'atelier. Là, elle faisait le travail que son mari avait préparé pour elle.

C'est maintenant que le tabouret de Mme Himmelfarb est important.

Pour un tailleur sur mesure, dès qu'une partie de vêtement ne peut se coudre qu'à la main, on le pose sur les genoux. M. Himmelfarb, lui, était assis sur la table de coupe à moitié « en tailleur ». C'est-à-dire, une jambe repliée sous lui, et l'autre qui pendait dans le vide. Mme Himmelfarb, elle, pour avoir les genoux plus stables, reposait ses talons sur la plus haute des barres de son tabouret. Si bien que, chaque fois qu'elle avait besoin de descendre de son tabouret, ce n'est que l'un après l'autre que ses pieds touchaient le sol.

Le troisième jour de mon arrivée à l'atelier, alors que je commençais à oser lever les yeux de mon travail, j'ai cru voir, juste avant que sa deuxième jambe ne rejoigne la première, que ma jolie patronne ne portait pas de culotte. J'ai dit : « J'ai cru voir », parce que l'après-midi, alors que, bien sûr, je guettais chacune de ses descentes de tabouret, j'ai vu — deux fois — que Mme Himmelfarb portait une culotte blanche. Mais c'était déjà beaucoup pour un garçon de quatorze ans car j'ai aussitôt senti — les deux fois — un terrible renflement sous ma braguette. Renflement qui semblait ne plus vouloir s'arrêter, au point qu'il a fallu que je remonte en haut de mes cuisses le tissu sur lequel je continuai à m'exercer à faire des petits points. Je tremblai presque à l'idée d'entendre mon patron me demander quelque chose qui m'aurait obligé à me lever. C'est la honte que j'en aurais éprouvée qui a fait tomber ma violente excitation

Le lendemain matin, j'ai vraiment vu : Mme Himmelfarb ne portait vraiment pas de culotte. Pour la première fois, je voyais cette chose de si près. Mes mains ont commencé à trembler. Je n'arrivais plus à tenir correctement l'aiguille, ni à faire les points de chausson comme mon patron m'avait appris à les faire. J'ai presque couru aux cabinets, qui se trouvaient, comme dans presque toutes les maisons de Szydlowiec, situés entre deux étages. Je me suis débraguetté et le jet s'est écrasé sur le mur. Jamais encore j'en avais envoyé un aussi loin. Je suis remonté suffisamment calmé pour reprendre à peu près normalement mon travail, mais de peur de me voir redescendre précipitamment aux toilettes, je n'ai plus osé lever les yeux sur Mme Himmelfarb chaque fois qu'elle descendait de son tabouret.

L'après-midi, elle avait à nouveau une culotte blanche. Pourtant, ça ne m'a pas empêché de filer aux cabinets en souvenir de ce que j'avais vu le matin.

Aujourd'hui encore, lorsque je repense aux lieux de mon apprentissage, je vois aussi distinctement ces cabinets où j'ai passé tant de moments le dos appuyé au mur que l'atelier de M. Himmelfarb. Parce que le lendemain, et les autres jours qui suivirent, j'ai eu, avec le même trouble, la même fugitive vision.

Plusieurs fois, dans les débuts, devant le regard interrogateur et inquiet de mon patron, j'avais prétexté des douleurs au ventre. Mais au bout de quelque temps, je parvenais à le faire tellement vite que la durée de mes séjours aux cabinets paraissait tout à fait normale.

Il y a de cela maintenant une douzaine d'années et, je ne sais comment dire, je garde un souvenir si précis et si tenace de la chaude image de Mme Himmelfarb, de ses pieds qui se posaient à terre l'un après l'autre, de ses yeux noirs, de sa fourrure qui me semblait si douce, que c'est un souvenir qui m'accompagne encore, chaque fois que l'occasion m'est donnée de découvrir la nudité d'une femme.

Une fois — et aujourd'hui encore, à le

raconter j'ai un peu honte tellement je me suis trouvé bête —, la jolie Mme Himmelfarb, après m'avoir dit, comme d'habitude, « Bonjour Moïshé », en arrivant à l'atelier, est allée directement voir son mari qui travaillait comme toujours dans la pièce à côté — là où il y avait la table de coupe et la machine à coudre. Machinalement je l'ai suivie du regard et je venais à peine de me repencher sur mon travail — des boutonnières « à l'italienne » que paraît-il je faisais très bien — qu'un petit rire étouffé m'a fait lever la tête. Par la porte laissée ouverte, qui séparait les deux pièces de l'atelier, j'ai vu la main de M. Himmelfarb se glisser sous la jupe de sa femme. Impossible de terminer la boutonnière. Le tremblement qui, brusquement, s'était mis à agiter mes mains m'interdisait tout travail minutieux. Comme pour le premier jour, l'excitation qui venait de me saisir était devenue presque douloureuse et cette fois-ci encore je savais que seul l'exercice que je pratiquais régulièrement un demi-étage plus bas parviendrait à me calmer.

J'avais l'impression que jamais encore mon sexe n'avait été si dur et je venais à peine de commencer, en fermant les yeux pour mieux me souvenir du Paradis, lorsque j'ai entendu un plouf dans l'eau. Intrigué, je me suis penché : ça a été juste pour voir disparaître au fond du trou le dé que dans ma précipitation j'avais oublié d'enlever.

Du coup, je n'ai pas terminé ce que j'étais venu faire. C'était passé. Il me restait à savoir comment là-haut j'allais raconter que mon dé à coudre était tombé au fond des cabinets. Surtout devant Mme Himmelfarb. C'est sans oser la regarder que j'ai vaguement bredouillé que mon dé était tombé de ma poche quand j'ai baissé mon pantalon et que je n'ai pas eu le temps de le rattraper. M. Himmelfarb a éclaté de rire et il a ouvert le tiroir de sa machine à coudre.

« Tiens, il m'a dit en me tendant un dé, prends celui-là. Il doit être à ta taille. C'est celui que mon père m'avait acheté quand j'ai appris le métier. Essaye de ne pas le perdre, comme ça tu pourras le donner aussi, quand à ton tour tu auras un apprenti. »

Ce dé, je ne l'ai jamais donné. Je l'ai perdu dans le train qui nous a tous emmenés quand les Allemands, aidés de la police polonaise, ont arrêté les Juifs de Szydlowiec.

DEUXIÈME PARTIE

« On croit se prendre le front, mais c'est le front, comme un fou, qui court après les mains. »

PIERRE DUMAYET

« Comme je voudrais retourner vers l'enfant !
Il savait tout d'avance, — et c'est bien pour cela qu'il pleurait. »

JEAN TARDIEU
(*La Première Personne du singulier*).

Extraits du journal de Raphaël
(1981-1982)

Il y a quinze jours maintenant que Nathan a été enterré au cimetière du Montparnasse. Quelques lignes parues dans la rubrique nécrologique du *Monde*, et le cimetière du Montparnasse est devenu ce jour-là le lieu où se sont retrouvés ses amis. Il était trois heures de l'après-midi. Il faisait très chaud.

Nathan était mort de la maladie d'Auschwitz.

Pour évoquer ce qu'il fut — et pour ceux qui assistèrent à ses obsèques il fut quelqu'un d'important — quelques amis étaient venus avec des discours.

On rappela qu'il avait été un militant profondément tourmenté par le sort du monde, qu'il avait été de tous les combats progressistes de l'après-guerre. On parla de son engagement au parti communiste.

D'autres le définirent comme un homme indigné. On dit encore qu'il avait un sens inné de la justice — ce qui était vrai —, qu'il avait un sens profond de l'humour — ce qui était vrai aussi, mais pas aussi simple. On se dit surpris, étonné, comme si la mort l'avait brusquement frappé, arraché à la vie, oubliant qu'il avait déjà eu tant à faire avec la mort. Oubliant surtout qu'il avait été déporté à seize ans et qu'il n'en avait jamais guéri.

Des discours, on écarta ce qui paraissait inexplicable, comme son refus obstiné d'aller en Allemagne, cette Allemagne qu'en 1943 il avait traversée dans un wagon plombé. Une colère discrète mais jamais apaisée fit qu'il refusa toujours d'y mettre les pieds. Il avait connu les camps, les barbelés, la faim, l'humiliation. Les chambres à gaz et les fours crématoires. Il avait vécu l'inoubliable mais de cela, bien sûr, il ne parlait jamais.

Au début, au moment de son engagement, il écrivit des articles militants où il se mesurait à l'histoire. L'histoire lui a donné tort parce qu'elle est la plus forte, et pourtant c'est lui qui avait raison contre elle.

Il n'écrivit plus que sur ce qui se passait chaque jour, ne parlant que de l'éphémère, du passager. Mais précisément, cet éphémère-là lui était indispensable.

Ce monde, avait-il dit, on ne peut pas le changer.

Restait sa fidélité à ses compagnons inoubliables.

Longtemps nous avions cru qu'il écrirait le livre qui témoignerait, qui contiendrait ce, justement, dont il ne parlait pas. Malgré les sollicitations, il ne l'a jamais écrit. Il trouvait plus naturel de nous conseiller Antelme, Primo Levi ou Jankélévitch.

Un soir, au Théâtre Récamier, assistant à l'une des rares représentations de *And die Musik* donnée par le Pip Simmons Group, je m'étais aperçu que plusieurs amis assistaient à la même représentation. J'appris alors que, tout comme moi, ils étaient venus à la suite d'un coup de fil convaincant de Nathan.

Beaucoup de ceux-là étaient présents au cimetière du Montparnasse.

Pourquoi étions-nous là si nombreux, s'il ne savait pas que nous étions là ? Pour dire que nous l'aimions ? Pour écouter les gens dire ce qu'ils avaient à dire ? Sans doute cela s'est fait comme il était nécessaire de le faire et les paroles se voulaient amicales, mais ce qui fut dit aurait pu être dit de son vivant.

De Nathan, nous ne parlerons plus qu'au passé.

Je me suis imaginé avec Nathan, remis debout, arpentant les rues de Ménilmontant. Ensemble nous nous étions promenés là, il y a une douzaine d'années, revenant de la banlieue est — j'avais fait quelques photos pour un papier qu'il devait écrire —, laissant la voiture près du métro Couronnes pour rejoindre à pied la rue Piat où, avant la guerre, il avait habité. Il n'était pas revenu dans cette rue depuis longtemps. Elle était, comme d'autres rues de ce quartier, menacée de destruction. Singulièrement, c'est un poème de Raymond Queneau qui l'avait alerté. Queneau, Nathan le lisait régulièrement. Jamais encore, je n'avais rencontré quelqu'un qui comme lui connaissait autant de poèmes par cœur, et un peu plus tard alors que je le photographiais devant la maison où, jusqu'à ce que ses parents soient déportés, il avait passé les premières années de son enfance, gardant sa cigarette au bec, il avait récité : « *Adieu ma terre ronde — adieu mes arbres verts — je m'en vais dans la tombe — dire bonjour aux vers.* » Je lui ai dit connard et j'ai pris la photo. De la cendre était tombée sur son veston.

Ces rues, à deux, il avait un peu plus de courage à les affronter, à les fouiller, à les explorer, à la fois craintif et curieux, inquiet et attendri, se remémorant les boutiques, poussant les portes cochères d'où apparaissaient des bouts de couloir et des bouts de jardins, morceaux d'espaces familiers, avec l'espoir, semblait-il, de redécouvrir un instant, il ne savait trop quoi d'impalpable et de tenace à la fois.

Cette visite, alors que nous prenions un café au « Repos de la Montagne », un bistrot couleur lie-de-vin, situé juste au pied de l'escalier de la rue Vilin, Nathan l'avait pratiquement résumée d'un mot : « C'est bath, la rue ! »

Dans ces rues, que Nathan s'étonnait de me voir fouler comme étant les miennes, j'y suis venu souvent. C'est pratiquement là que j'ai fait mes premières photographies. Obsédé par mes références, je racontai à Nathan que le « Repos de la Montagne » avait été photographié dans les années cinquante par Willy Ronis, et que la maison située un peu plus bas sur le même trottoir, celle aux volets fermés, était celle qu'habitait Mme Rayda, une cartomancienne que Robert Doisneau, cette fois, avait photographiée.

En haut des escaliers de la rue Vilin, il y a un petit carrefour d'où l'on a peut-être le plus beau point de vue sur Paris. Là, presque collée à la balustrade, il y avait une belle boulangerie ocre où Nathan était allé acheter une tablette de chocolat. Pendant qu'il croquait dedans avec un plaisir incroyable, poursuivant l'inventaire de mes références je lui avais dit que c'était là, à l'endroit même où nous étions arrêtés, que, dans *Casque d'or*, Simone Signoret faisait stationner un fiacre afin de retrouver Serge Reggiani, ouvrier menuisier chez un Gaston Modot plus vrai que nature.

« Et là, m'avait répondu Nathan, au bout de la rue Piat, il y a toujours les escaliers que j'empruntais pour rejoindre l'école maternelle, juste de l'autre côté de la rue des Couronnes. C'est en montant ces marches que j'ai appris à compter : il y en a très exactement 91. »

Je l'ai laissé se souvenir.

J'ai pris des photographies d'un vieux café fermé, sans lumières, et de deux maisons aux façades aveugles. Sur l'une d'elles, une indication de permis de démolir. J'en ai pris quelques autres au seuil d'une troisième qui, détruite, avait laissé la place à un terrain vague déjà couvert d'herbes folles et de détritus, dont un vieux sommier métallique rouillé. Au fond, dans ce qui devait être une cour, écrit à même le mur et encore lisible, l'inscription W.-C. suivie d'une flèche. Et là, contre ce mur, respectueux des usages, un clochard pissait. Malgré le caractère anecdotique de la scène — je m'étais pourtant dit souvent que le pittoresque, c'est ce qu'il ne faut pas faire — je n'ai pas résisté : clic ; Nathan, près de moi, avait souri et redit que la rue c'était décidément bath.

J'ai encore photographié des murs intérieurs en partie couverts de papier à fleurs délavé, de traces de conduits de fumée et de carreaux de faïence à petits losanges blancs et bleus indiquant très précisément l'emplacement d'une cuisine.

Ces rues sont aujourd'hui aux trois quarts détruites et Nathan n'avait guère eu envie d'y retourner. La pioche des démolisseurs nous rattrapera, avait-il pronostiqué.

Restent quelques photographies de Nathan parcourant d'un trottoir à l'autre les rues de Ménilmontant. C'est son absence qu'elles raconteront désormais.

Plus tard, c'est quand j'ai regardé ces photographies, toutes ces photographies, à l'occasion d'un classement — un de ces classements jamais tout à fait satisfaisants mais qui réservent parfois des surprises agréables — que s'est produit le déclic qui a transformé ou plutôt orienté mon travail. Ce déclic fut si fort qu'il provoqua une sorte de paralysie, au point que pendant de longues semaines je

n'ai pas pris une seule photographie, cher-
chant chaque fois comment photographier
non plus ce qui existait, mais ce qui avait dis-
paru puisque, me semblait-il, c'est le manque
qui donne a voir.

C'est quelque temps après, en Pologne,
dans le cimetière juif de Radom où toutes les
pierres tombales manquaient, laissant apparaître à perte de vue des trous béants, que j'ai
pu, pour la première fois peut-être,
accomplir enfin ou, plus simplement, faire
très exactement ce que je souhaitais faire
dans l'exercice de la photographie.

Ce qui était contenu dans ces vides et que
la photographie mettait au jour, c'est ce
qu'avait été la vie des Juifs de Pologne.

C'est durant cette période de paralysie que
j'ai commencé à prendre des notes. Pour ne
pas céder au découragement. Pas question,
cependant, de tenir un « journal ». Pas question, surtout, de remplacer, même temporai-
rement, la photographie par l'écriture. Pas
d'encre donc, sorte d'étape vers l'imprimé,
mais des crayons noirs Conté HB régulièrement taillés.

Jusque-là, concernant la photographie, je
me bornais à n'inscrire — à l'encre cette fois
— que des indications d'archivage, notant le

sujet, le lieu, la date, l'heure si je l'estimais importante, et l'objectif, mais rarement, car n'aimant ni le grand angle ni les longs foyers, j'utilise souvent le même.

Soit, j'écris. Mais je n'écris pas quoi qu'il arrive ni sur tout ce qui m'arrive.

Des notes donc, qui, en définitive, ne contiennent que peu de choses de ma vie et qui sont, je ne saurais mieux dire, juste à côté des photos que je pourrais faire. Les mots que j'aligne (événements ou souvenirs), comme les pas que je fais en marchant sans but précis dans Paris, m'aident chaque fois à retrouver les chemins de la photographie.

Aussi, je ne guette pas les progrès que je pourrais faire dans l'exercice de l'écriture, même si parfois, pris au jeu (au piège ?) de celle-ci, je regarde dans un dictionnaire, je rature, je réécris, je taille mon crayon, je mets un point, je vais à la ligne.

Parmi les amis accourus aux obsèques de Nathan, c'est un tout jeune homme qui ferma la parenthèse de ce passé commun. Il était venu se placer tout près du cercueil comme on va sur l'autre rive d'un fleuve. Il avait un violoncelle à la main. Et il parla :

« Je n'ai pas beaucoup connu Nathan. Je l'ai vu quelquefois seulement lorsqu'il venait dîner chez mes parents. Alors de lui, j'ai juste quelques bouts de souvenirs. Ce qui se dégageait de lui était tellement fort que je m'arrangeais pour être là chaque fois qu'il venait. Être là, juste pour l'écouter. Il parlait peu pourtant... Un soir, il était venu un peu en avance et j'étais en train d'apprendre distraitement une berceuse yiddish. Nathan s'était approché pour écouter. Il m'avait fait signe de continuer. Lorsque, intimidé, je me suis arrêté de jouer, il m'a simplement dit qu'un jour, quand je la saurais bien, il serait heureux d'entendre cette berceuse qu'il aimait beaucoup. J'avais cru un peu bêtement que c'était juste par gentillesse, pour m'encourager. Alors cette berceuse, je ne l'ai pas apprise tout de suite comme il aurait fallu. C'est lorsque j'ai appris que Nathan était malade que je me suis remis à l'étudier vraiment. Mais c'était trop tard. Nathan était déjà trop malade pour venir encore à la maison et que je lui joue cette berceuse comme il me l'avait demandé. Alors, tout ce que je peux faire aujourd'hui, c'est m'asseoir près de lui et jouer pour vous cette berceuse yiddish. Je crois que ça lui aurait fait plaisir. Le refrain, chaque fois, se termine par : " Dors, petit Juif, dors. " Ça s'appelle " Rozhinkès mit Mandlen "... J'aurais voulu dire aussi que j'aurais bien aimé dire ces quelques mots en yiddish. Parce que c'était la langue du temps où lui aussi vivait avec ses parents... la langue du temps où il était totalement vivant. Mais ça, je ne sais pas le faire. »

Nathan a eu son discours en yiddish : sur les lèvres de ceux qui s'en souvenaient, revenaient quelques paroles de la berceuse : « Unter yideles Vigele... Shteyt a klor-vays tsigele... Dos vet zayn dayn baruf... Rozhinkès mit mandlen... Shlof zhe, Yidele, shlof... »

Ceux qui ne comprenaient pas écoutaient les paroles, et le chagrin put enfin prendre toute la place. Après quoi, nous avons jeté les roses dans la tombe.

Il n'y a pas eu de photographie de Nathan mort. Il n'y en a pas eu non plus qui diront un jour : « Regardez ces visages, Nathan est mort et c'est le chagrin provoqué par sa mort que ces photographies racontent. »

*

J'ai retrouvé le poème de Queneau qui avait alerté Nathan. Il s'agit de « Îlot insalubre » dans *Courir les rues,* éditions Gallimard, 1967.

« Avis d'appel d'offres
travaux de démolition
îlot insalubre n° 7
(il n'y a que pendant les guerres que s'élu-
    cubre la démolition des îlots salubres)
l'atoll en question baigne dans la rue des
    Couronnes la rue Julien-Lacroix
la rue d'Eupatoria la rue de la Mare et le pas-
    sage Notre-Dame-de-Lacroix
faut que j'aille voir avant que tout ça ne
    disparaisse. »

Nathan était donc allé *voir avant que tout ça
ne disparaisse.*

*

Est-ce qu'on peut tout photographier ? On
ne peut tout de même pas tout photographier ? Est-ce que j'aurais pu photographier
l'enterrement de Nathan ? Faire des photos
qui soient justes ? Et un autre photographe
passant par hasard et ne connaissant personne, qu'aurait-il photographié ? Qu'aurait-
il montré de notre chagrin ? Ou alors, peut-
être, parce que ne connaissant personne,
aurait-il pu le faire. Sinon, comment être des
deux côtés à la fois ? Être dans l'événement,
le vivre et en même temps le regarder, le
fixer sur la pellicule ?

Les grandes photos, les photos fortes qui racontent la mort, sont des photos de guerre, des photos qui racontent des morts violentes.

Les victimes qui gisent au sol, le visage tourné vers les étoiles, si on connaît leurs noms et ceux de leurs enfants, si on connaît la femme qui découvre le corps de son mari au cours d'une guerre civile et l'enfant affamé auprès de sa mère morte, ne cesse-t-on pas à l'instant même d'être photographe ? Alors pour ne pas cesser de l'être, on ne s'arrête pas, on avance avec les cris, on laisse ses émotions derrière soi et on continue à faire des photos fortes qui peut-être témoigneront des malheurs du monde.

D'une mort, de la représentation d'une mort simple, je ne me souviens que du portrait que fit Claude Monet de sa femme Camille sur son lit de mort. Il s'en est confessé bien plus tard dans une lettre à Clemenceau :

« ... à ce point qu'un jour, me trouvant au chevet d'une morte qui m'avait été et m'était toujours très chère, je me suis surpris, les yeux fixés sur la tempe tragique, dans l'acte de chercher la succession, l'appropriation des dégradations de coloris que la mort venait d'imposer à l'immobile visage. »

Devant sa femme morte, Monet n'a pu s'empêcher de prendre ses pinceaux. Non pas pour mieux se souvenir d'elle, mais parce que l'analyse des couleurs était pour lui une préoccupation de tous les instants. Elle était plus forte que son chagrin. C'est parce que Claude Monet n'a jamais cessé d'être un peintre qu'il a fait de la mort de sa femme une œuvre d'art à accrocher aux murs des musées.

*

Je feuillette une fois encore le grand album de photographies consacré à Robert Capa. Je m'arrête cette fois encore sur une photographie que j'aime particulièrement. Mais là, j'ai envie de savoir pourquoi je l'aime tant, cette photo. Que montre-t-elle ? Elle nous montre trois petites filles. Deux d'entre elles donnent la main à un soldat américain. La troisième le regarde intensément.

Tout ce que raconte cette photographie, et qui fait qu'on s'y attarde, est contenu dans ces quatre regards.

La légende dit : « Londres, janvier-février 1943. Un soldat américain avec des orphelins de guerre, " adoptés " par son unité. »

Je regarde à nouveau la photo avec ce que la légende me suggère.

Les petites filles portent les mêmes chaussures à lacets, leurs manteaux sont semblables et elles ont les mêmes petites robes boutonnées bien haut sur le devant. Leur habillement, tout comme l'uniforme du soldat, les rend reconnaissables.

On pourrait, à propos de cette photographie, parler de sa composition en forme de triangle dont le sommet serait le visage du soldat et dont la base serait constituée non pas par la ligne des pieds, mais surtout par la ligne des mains.

Ce qui se passe là suit très exactement les côtés du triangle :

La petite fille qui ne donne la main à personne et qui se trouve tout à fait à la droite du soldat vers qui elle tend tout son désir d'attachement, la petite fille qui est à la gauche du soldat, qui lui serre si fortement la main parce qu'il regarde ailleurs, et dont la petite main crispée vient démentir le sourire, la petite fille enfin, qui, rassurée par le regard que lui porte le soldat et par la main qui enserre la sienne, peut sourire au photographe, ces trois petites filles nous disent, au-delà des sourires confiants, la perte de leurs parents.

Si cette lecture, je l'avais entreprise il y a une douzaine d'années, au moment où faire des photographies semblait n'avoir plus grand sens pour moi, elle m'aurait singulièrement aidé dans l'exercice de ma profession.

Je me promets de recommencer.

*

Je me souviens — je devais avoir douze ans — m'être levé une nuit pour prendre un verre d'eau au robinet de la cuisine. Sur le buffet de la salle à manger, dans une timbale en aluminium, une bougie brûlait. Je l'ai crue oubliée, et pensant bien faire je l'ai éteinte. Je savais pourtant qu'elle avait été allumée pour commémorer le jour anniversaire de la mort du père et du jeune frère de ma mère (jour présumé puisqu'ils avaient été déportés). Le matin, ma mère m'a seulement dit que je n'aurais pas dû l'éteindre. J'aurais préféré être puni. Je revois encore son regard étonné. Et sa tristesse. Je revois encore tous scs gestes avec une extraordinaire précision : elle va prendre la grosse boîte d'allumettes toujours placée près de la cuisinière. Elle se tient debout presque appuyée contre le buffet, me tournant le dos. Elle se penche sur la bougie. Elle l'entoure d'une sorte de protection chaleureuse. Le mur s'éclaire de la flamme vacillante. Ma mère reste un long moment près d'elle. Elle porte un gilet de laine beige tricoté à la main, au bas duquel apparaissent deux étroites bandes de tissu à fleurs imprimées provenant du nœud de son tablier. Je crois qu'elle pleurait.

C'est ce jour-là que j'ai réellement éprouvé

le deuil de mon grand-père et de mon oncle maternels que pourtant je n'avais pas connus.

*

Des inscriptions antisémites viennent d'être découvertes 14, rue de Paradis sur les murs des locaux de l'UJRE. C'est un coup de téléphone d'Anna — elle-même prévenue par la gardienne de l'immeuble — qui me l'apprend. Elle me demande si je suis libre pour faire quelques photographies. Dix minutes plus tard, après avoir pris mon courrier, je remonte le boulevard Magenta en mobylette. Il y a une carte venant d'Australie. Elle est de Georges, avec ces quelques mots au verso :

J'ai visité Sydney, Melbourne, Adélaïde, Perth et Brisbane.

Georges

La longue voûte du 14 se termine par une petite cour. À gauche de cette cour, un espace abrité est occupé par quelques W.-C. C'est là, et au pied des marches du bâtiment C, que les vandales s'en sont donné à cœur joie : « Mort aux Juifs ! Les youpins dehors ! Les Juifs aux fours crématoires ! » Et bien sûr l'inévitable : « La France aux Français. »

La police, prévenue elle aussi, est déjà là qui enquête. La gardienne n'a rien entendu.

D'autres personnes sont là aussi. Quelques amis, proches voisins venus, comme on dit, clamer leur indignation. D'autres encore travaillant là, comme ce vieux militant que je reconnais, ancien déporté, aujourd'hui réceptionniste au dispensaire du deuxième étage.

« Il faut tout effacer! crie-t-il pendant que j'essaye de faire quelques photos, il faut tout effacer !

— Pas du tout, dit un autre, il faut tout laisser. Que les gens voient un peu de quoi les fascistes sont capables !

— Parce que vous croyez que ceux qui viennent ici ne savent pas tout ça ? Et vous vous imaginez que je vais supporter de lire : " Mort aux Juifs ! " chaque fois que je vais venir pisser ?

— On effacera, intervient Anna. Mais d'abord Raphaël va prendre quelques photos.

— Bravo ! »

J'ai oublié le nom du vieux militant, mais en l'entendant crier, je me souviens l'avoir vu juste après la guerre à une projection organisée au profit des enfants des foyers de la CCE.

Il s'était brusquement levé en hurlant : « Arrêtez la projection ! Arrêtez la projection ! J'ai reconnu mon père ! Arrêtez la projection ! » Sur l'écran on voyait un convoi de déportés dont beaucoup s'écroulaient d'épuisement. On n'avait pas arrêté la projection.

*

Je reprends la carte de Georges sur laquelle j'ai jeté ce matin un œil un peu rapide. Au recto, sur la gauche, la photo de deux koalas : un bébé koala sur le dos de sa maman. À droite, quelques caractéristiques du koala. À titre d'exercice, j'en essaye la traduction :

« Pourquoi le Koala s'appelle-t-il ainsi ? les Aborigènes d'Australie utilisaient le mot Koala lorsqu'ils ne désiraient pas boire l'eau d'un récipient communal. Ils ont pris l'habitude d'utiliser ce mot pour désigner l'animal grimpeur qui ne buvait jamais : le Koala.

« Le Koala, appelé ours local par les premiers colons, n'est pas, en vérité, un ours mais un marsupial. Le Koala pèse entre 5,5 et 13 kilos et mange près d'un kilo de feuilles par jour.

229

« À la naissance, le bébé est de la taille d'une pièce de 2 cents, pèse 5,5 grammes et mesure deux centimètres de long. Après six mois passés dans la poche de sa mère, le bébé grimpe sur son dos.

« À l'âge d'un an, il doit quitter sa mère pour se débrouiller seul et trouver son propre arbre. »

*

Graffiti encore.

À Bagneux cette fois. Au cimetière parisien de Bagneux.

Pour y aller, je connais bien le chemin. De la porte d'Orléans, c'est juste Montrouge à traverser. J'ai pris cette habitude. J'y vais une fois par an.

Au cimetière de Bagneux, tous les ans, entre Roch Hachana et Yom Kippour, la communauté juive se réunit pour commémorer ses disparus. Pour chaque ville, pour chaque bourgade, une pierre tombale. Sur chaque pierre tombale, des noms. Des noms gravés. La liste de ceux qui justement n'ont pas eu de sépulture. Et on lit les noms tout simplement. Tous les noms inscrits sans en oublier aucun.

Mais avant, il y a la cérémonie officielle devant le monument des Anciens Combattants Juifs. Cérémonie avec discours et kaddish.

Avant encore, on se retrouve au « Balto », le tabac de l'avenue Marx-Dormoy situé juste en face de l'entrée principale du cimetière. Les quatre billards du fond de la salle sont chacun recouverts d'une planche comme quatre tables d'hôte. Malgré cela, très vite, il n'y aura plus de places assises et on boira du thé en mangeant les sandwichs au pickelfleish qu'un traiteur avisé sera venu vendre tout près de l'entrée du tabac.

« Comment est le pickel aujourd'hui ?

— Comme tous les ans. »

Sur le trottoir, devant le « Balto », la maison funéraire Warga distribue ses calendriers. En face, disposées l'une près de l'autre contre le mur d'enceinte du cimetière, quelques dizaines de bannières ornées d'inscriptions en lettres d'or. Une par Société de Secours Mutuels : L'Amicale de Brest-Litovsk, les Enfants de Kielce, les Originaires de Lublin, les Amis de Demblin, les Amis de Lask, les Amis de Lubartow, de Plock, de Szydlowiec, de Bendzin, de Radom...

« Alors Raphaël, on n'a pas encore vu tes parents aujourd'hui ? »

C'est Etner, le président de la société de Radom.

« Ils sont à Tel-Aviv. Pour la Bar-Mitzva de Samuel, le fils de Betty.

— Il a treize ans déjà ? Mazel-Tov ! Alors et toi, quand est-ce que tu viens à nos réunions ? Tu sais qu'on a besoin de jeunes comme toi... Avec tout ce qui se passe... Tu as vu dans quel état ils ont mis les tombes ? T'as pas ton appareil photo ? »

Non, je n'ai pas mon appareil photo.

À sa poitrine, il y a une vignette épinglée : « Souviens-toi ! 6 000 000 de victimes de la barbarie nazie. » Difficile de ne pas se souvenir ici. Avec tout ce qui se passe justement. Comme les murs des locaux de l'UJRE, soixante-dix tombes du cimetière ont été profanées. Soixante-dix tombes recouvertes de graffiti antisémites.

Chaque année, la communauté juive était surtout heureuse de se retrouver. Cette année, elle se presse, indignée, vers la 115ᵉ division. On veut voir comme pour vérifier ce qu'on sait déjà. Les journaux ont parlé de groupuscules marginaux mais ici on sait depuis longtemps ce que deviennent et de quoi sont capables les groupuscules marginaux. Les tombes de Bagneux sont couvertes des noms des victimes de ce qui un jour, en Allemagne, au début des années vingt, n'était encore qu'un groupuscule.

L'allée de la 115ᵉ division n'est pas assez

large pour contenir la foule qui circule entre les tombes. Une femme, avec son mouchoir, essaie d'effacer une croix gammée qui recouvre plusieurs noms. Elle n'y parvient pas. Elle gratte avec son ongle et n'y parvient toujours pas. Machinalement, je porte la main à l'endroit de ma poitrine où pend habituellement mon Leïca.

Cette année, à Bagneux, la foule qui afflue vers le monument aux Anciens Combattants Juifs est plus nombreuse et plus attentive aux discours. Le président de l'Union des Sociétés Juives de France, plus ému que d'habitude, a comme d'habitude donné successivement la parole aux personnalités représentatives de la communauté. Discours qui nous recommandent bien sûr la vigilance, mais discours un peu décevants parce que trop officiels et pas fondamentalement différents de ceux prononcés les années précédentes.

Et puis vient le discours en yiddish grâce auquel la passion resurgit. Et c'est cette passion qui fait que j'écoute même si je ne comprends pas tout. Parce que des discours en yiddish bien sûr, il y en a encore de temps en temps, mais justement il n'y en a plus que de temps en temps. Autant dire qu'au-delà des mots, c'est aussi la langue que j'écoute.

L'homme qui parle en yiddish est un homme âgé mais il a gardé intacte toute sa force d'indignation. Des années et des années durant il a été de tous les combats, de toutes les luttes. Je le connais bien : en 1945, c'est lui qui était venu faire un discours à la fête de la colonie de vacances. Et on l'appelait déjà par son prénom : Moïshé.

Ouvrier, Juif et longtemps communiste exemplaire, sa vie est comme l'écho du rapport privilégié qu'ont les Juifs avec l'histoire : pogromes en Pologne et réunions clandestines, grèves et prison, manifestations et encore la prison. Et émigration. Ouvrier tailleur en Pologne, ouvrier tailleur en France, militant communiste à Varsovie, militant communiste à Paris dans le comité de la MOI — Main-d'Œuvre Immigrée —, expulsion et militant au Secours Rouge de Bruxelles. Puis l'Espagne des Brigades Internationales, la Résistance en France à nouveau. Puis la Libération et l'espoir revenu, le retour en Pologne et l'espoir déçu. Le retour en France en 1968 et aujourd'hui le cœur en Israël côté « Colombes ». Car Moïshé n'est pas du genre : on ne m'y reprendra plus ! Les grandes causes, en raison de sa générosité, l'ont repris à chaque fois. Et c'est cette formidable générosité qui lui faisait toujours trouver, à près de quatre-vingts ans, une cause à défendre. Et toujours avec la même passion militante et la même ténacité.

Autant que sa tradition, sa langue, sa culture, ce sont tous ses combats successifs et toutes ses désillusions qui ont aussi forgé son identité. Et de voir ce vieux militant dont les mains tremblantes agitent les feuillets de son discours, je comprends aussi que, comme pour Nathan, tous ses échecs sont d'abord les échecs de notre siècle, et c'est cela aussi qui nous est transmis.

Et voilà qu'au moment où le vieux Moïshé aborde le scandale des tombes profanées, voilà qu'un des bouts d'une des quatre torches enflammées tenues depuis le début de la cérémonie par quatre anciens combattants juifs tombe à terre. Et à cause de la résine ou de la cire dont ces torches sont imbibées, l'herbe prend feu d'une manière inquiétante. Alors, parce que tout de même on ne peut pas laisser ce bout de torche brûler comme ça dans l'herbe, l'homme à qui il reste encore un morceau de torche enflammée dans la main entreprend d'éteindre le feu par terre à grands coups de talon. Et là, tout près de Moïshé qui du coup élève la voix, l'homme, qui pour la circonstance avait revêtu sa veste d'ancien déporté fraîchement repassée, tape maintenant des deux pieds sur le sol parce qu'il lui faut absolument éteindre ce feu qui, il le sait, dérange Moïshé qui évoque justement le fascisme renaissant.

Et la foule présente, muette, est distraite c'est vrai, par le spectacle insolite et inattendu qui s'offre à elle. Ce qui en d'autres circonstances aurait déclenché une douce hilarité, exerce ici plutôt une curiosité un peu inquiète. La communauté rassemblée regarde le vieux Moïshé qui, lui, regarde furieux l'ancien déporté qui s'acharne toujours, presque en dansant, sur la flamme qui n'en finit pas de brûler et qui continue d'alimenter la colère de Moïshé. Et cette communauté ne parvient plus à se concentrer sur le discours qui pourtant à ce moment même insiste sur les dangers qui nous menacent et qui appelle lui aussi à la vigilance. Elle est seulement fascinée par le spectacle de deux hommes debout, côte à côte, deux vieux Juifs qui ont rempli leur vie et qui tentent d'achever ce qu'ils ont commencé : le discours pour l'un, l'extinction du feu pour l'autre.

Et c'est lorsque, enfin, Moïshé nous a souhaité la bonne année que se sont éteintes les dernières brindilles laissant apparaître au sol une grande tache brune.

Après, il y a eu le El Mole Ra'hamim, la prière des morts. El Mole Ra'hamim scho'hèn ba-me-rommim... je n'en connais que le début — je ne comprends pas l'hébreu

— mais je sais très exactement à quel moment et dans quel ordre arrivent les mots : Auschwitz, Maïdanek, Treblinka, Chelmno, Babi Yar, Ghetto Varsho...

Dès la prière des morts terminée, les membres de chaque Société de Secours Mutuels se regroupent derrière leurs bannières respectives parce que ce qui vient maintenant c'est la seconde partie de la cérémonie. Celle où l'on a à faire avec sa propre famille et pour laquelle on est surtout venu.

Comme dans ces circuits touristiques où rien ne change jamais, le parcours est chaque fois le même : avenue des tilleuls de Hollande, avenue des cerisiers à fleurs, avenue des érables pourpres, avenue des noyers noirs. C'est le nom des allées qui jalonnent l'habituel itinéraire des sociétés regroupées à la 31ᵉ division. S'ils levaient légèrement la tête, ceux qui s'y acheminent verraient, entre les troncs des noyers, qui à Yom Kippour sont encore couverts de feuilles, la succession continue de fleurs artificielles et de croix dressées sur les tombes, qui signalent l'emplacement des divisions catholiques.

On parle travail et on parle enfants, et maladies et territoires occupés. Et tombes profanées. Toute la vie de l'année dans une seule conversation.

Akierman Berek

Akierman Kopek, Fanny et leur fils
Berneman Rachel
Berneman Nathan, Thérèse et Ida
Berneman Itzek, Chaja et 6 enfants
Berneman Moszek et sa famille
Berneman Nachman et sa famille
Nous sommes quelques dizaines de la Société des Amis de Radom groupés autour de la pierre tombale des originaires de la ville. Le secrétaire de la Société lit, dans un petit cahier à carreaux, les noms dans l'ordre où ils sont inscrits sur le marbre noir du caveau. À voix haute pour que les noms soient entendus.

Etner Fishel, Berger, Lejzer
Epsztein Icek, Drezla, Herchel
Epsztein Pinkus, Etel et Fajga
Frydman Joseph et sa famille
Frydman Hersch, Perla et Bronka...
Et puis, il y a eu un court silence. Après quoi, et sans bouger de place, le secrétaire a tendu à Etner placé tout près de lui, et qui visiblement s'y attendait, le petit cahier en lui désignant de l'index l'emplacement précis de la suite des noms à lire. Il a pu ainsi entendre son nom de famille. Cinq fois. Son père, sa mère, son frère et aussi sa femme et son fils.

« C'est tous les ans pareil. À chaque fois qu'il arrive à son nom, c'est seulement les larmes qui viennent. »

C'est une femme près de moi qui commentait.

Etner poursuivait la lecture.

Tout autour, comme en écho, de pierre tombale en pierre tombale, une même litanie de noms nous parvenait. Une rumeur à laquelle chacun semblait s'accrocher. Une rumeur qui racontait une même histoire que chacun ici connaît depuis si longtemps et qui unit tous ceux qui sont venus.

C'est après avoir entendu le nom de mes grands-parents que j'ai regardé du côté de la Société des Amis de Siedlec. M. Charles était là et il écoutait. Je me suis rapproché.

« Monsieur Charles ?

— C'est toi. Bonjour Raphaël.

— Comment ça va ?

— Ça va. Ça va très bien. »

Comme je ne savais pas de qui demander des nouvelles, je n'ai demandé de nouvelles de personne. Les noms des originaires de la ville de Siedlec remplissaient le silence.

Comme mon père, M. Charles portait un costume « sur mesure » comme on s'en faisait encore faire il y a vingt ans, à l'occasion des bals de Sociétés. Celui de M. Charles n'était pas très récent. Sous sa veste, il avait mis un gros pull-over avec un col en V qui laissait voir sa cravate.

À la Société de Siedlec, les noms n'étaient

pas lus dans l'ordre alphabétique. Pourtant, à la lettre G, M. Charles ferma à demi les paupières. Trois fois son nom fut prononcé.

« Ma femme et mes deux filles, a dit M. Charles.

— Oui... J'ai entendu. »

Je me suis dit qu'il fallait s'en remettre à ce qui se passe autour.

« Comment s'est passée la Bar-Mitzva ? » a repris Charles. Mais c'était au bout d'un moment.

Avec M. Charles, j'étais plus à l'aise quand c'est lui qui posait les questions, quand c'est de lui que venaient les premiers mots. Alors très vite, et à voix basse à cause de la lecture, j'ai raconté tout ce que ma mère m'avait dit au téléphone : la fête, les cadeaux et la joie de tout le monde.

« Oui, j'ai reçu une carte postale, a dit Charles, ils avaient l'air contents. »

Du côté de Siedlec, j'entendais Kirzenbaum et du côté de Radom j'entendais Lublinski. Il y a tout ce qui se dit et il y a toutes les choses qu'on entend dans sa tête.

Il arrive qu'au cimetière on parle aux corps des morts. Assis parfois sur un petit pliant, on les tient au courant de ce qui se passe. De qui vit encore et de qui est mort. De qui est marié et qui a un enfant. Parce qu'on cherche à combler un vide, on essaye de prolonger la conversation interrompue, de sentir une présence.

Au cimetière de Bagneux, on est toujours debout. Il y a des pierres tombales et personne en dessous. Personne n'est enterré là. C'est tout ce qu'on peut en dire. Ils ne sont pas là. Ils n'ont jamais été là. Les tombes des sociétés dont les survivants se réunissent chaque année sont des tombes aux corps absents. Les corps des morts sont inaccessibles et c'est cela qui est inacceptable et c'est pourquoi on lit à haute voix les noms gravés dans la pierre.

Lorsqu'ils furent tous lus, on est partis doucement. Et parce qu'on est aussi faits de mémoire, on s'est arrêtés au « Balto » y traîner quelques souvenirs.

Mais ceux qui s'y arrêtent, peut-être sont-ils d'abord venus pour savoir comment ils vont ? Simplement pour ça. Parce que demander comment on va, avec se souvenir, c'est encore ce qu'on peut faire de mieux.

M. Charles, lui, ne s'était pas arrêté au « Balto ». Assis sur un banc, il semblait attendre l'autobus. C'est là que je l'ai vu en partant alors que je remontais en voiture l'avenue Marx-Dormoy complètement embouteillée.

Le ciel est devenu gris. Portés par un vent léger, les nuages ont semblé se fixer un moment au-dessus de Bagneux. Une petite pluie fine et douce est tombée. Charles ne paraissait pas s'en apercevoir. Peut-être ne la sentait-il pas à cause de son chapeau.

Il n'a pas répondu au signe que je lui ai fait. Peut-être fallait-il le laisser avec sa tristesse puisque de toute façon il ne pouvait plus s'en défaire. Une tristesse qui lui prenait tout le regard et qui se perdait au-delà de ce qu'il voyait.

Des voitures, derrière moi, ont manifesté leur impatience par quelques coups de klaxon. J'ai mis en marche mon essuie-glace et j'ai laissé Charles assis sur le banc où, près de lui, était posé, parfaitement inutile, son parapluie fermé.

Une nouvelle année commençait.

*

Je suis allé voir M. Charles cet après-midi. Il est dans une maison de retraite pour vieux Juifs.

« Il doit avoir soixante-dix-huit ou soixante-dix-neuf ans, m'a dit ma mère. Il aurait pu ne pas y aller, a-t-elle ajouté, il n'est pas malade et il a plein d'amis. Mais il est tellement entêté. » Et elle m'a donné un gâteau pour lui.

Pour être tout à fait franc, ce n'est pas seulement pour voir M. Charles que je suis allé à la maison de retraite. J'ai comme projet, depuis longtemps déjà, et dans le cadre d'un travail en cours, de photographier des vieux Juifs à accent. Les photographier ces vieux Juifs qui portent encore en eux le monde qu'ils avaient quitté. Un monde avec lequel parfois ils avaient rompu, et qui avait été détruit. Voilà, c'est ça : faire des photos et (tant pis pour la formule mais je n'en trouve pas d'autres), m'inscrire dans une histoire.

Ce qui frappait d'emblée en entrant dans la chambre de M. Charles, c'était l'absence d'objets personnels. Pas même une photographie dans son cadre qui serait posée sur la table de nuit. Seulement une table de nuit donc, et une table basse, un lit d'une personne, une petite armoire, deux chaises et un fauteuil léger dans lequel Charles était assis.

Sur la table basse, un petit compotier avec trois pommes. Des golden. Et un cendrier aussi, parce que M. Charles, pour pouvoir être seul dans une chambre, avait décidé de se mettre à fumer.

Et puis un objet surprenant et sûrement unique : sur une planche maintenue au mur par des équerres était fixé une sorte de jeu de massacre comme on en voit encore de temps en temps dans les fêtes foraines. Celui-ci avait la particularité de représenter des criminels de guerre maladroitement dessinés mais parfaitement reconnaissables : Hitler, Mussolini, Pétain, Goering, Goebbels, Laval, Doriot...

« Tu les reconnais ?

— Pas tous. Je ne sais pas qui est à côté de Goebbels.

— Himmler.

— Ni à côté de Doriot.

— Déat et Darnand. Et il en manque plein qui sont morts dans leur lit ou qui ont encore mangé des croissants ce matin. »

Charles a commencé à prendre des boules de chiffon dans une corbeille placée près de lui. Il les lançait sans viser. Parfois, il en lançait deux en même temps. Certaines atteignaient leur but. Et les têtes, fixées par des charnières, se renversaient en arrière.

« Comment avez-vous eu ça ?

— Je l'ai acheté.

— Où ça ?

— Où ça ? Chez qui ? Combien ? Quelle importance ? Je l'ai acheté, c'est tout.

— Et les boules ?

— Elles étaient avec. »

Charles avait fini par épuiser son stock de boules et les têtes étaient presque toutes tombées. J'ai relevé les têtes et remis dans la corbeille les boules dispersées dans la chambre. J'étais encore à quatre pattes pour récupérer celles qui avaient roulé sous le lit, quand une dame habillée en infirmière est venue apporter un plateau.

« Voilà, monsieur Charles : du thé pour deux personnes comme vous avez demandé. » Et se tournant vers moi :

« Eh bien, si vous commencez vous n'avez pas fini. Il est comme les enfants M. Charles, à chaque fois qu'on les ramasse, il les relance. Et en plus, des fois il triche : il en lance plusieurs à la fois.

— Moi je triche ? Moi je triche ? Qui est-ce qui triche ici ? Hein ? Qui est-ce qui triche ici ? Qui est-ce qui triche ici ? » Et à chaque « Qui est-ce qui triche ici ? », une boule venait s'écraser sur le jeu de massacre.

L'infirmière est sortie en secouant la tête et Charles a fini par essuyer son visage couvert de sueur.

« Bon, on peut boire le thé maintenant », a-t-il dit en essuyant aussi ses lunettes. Il est allé chercher un couteau dans le tiroir de la table de nuit, un demi-citron caché derrière une pomme du compotier — « Tu veux du citron ? » —, dont il a consciencieusement coupé deux rondelles. Et puis il a découpé le gâteau.

« Prends un morceau.

— Non, non, c'est pour vous.

— Mange ! C'est trop pour moi.

— Vous le partagerez avec les autres.

— Pour qu'ils disent que chez eux, c'était meilleur ? Mange ! »

On a mangé en silence.

Après un temps écoulé, j'ai dit à Charles que je viendrai quelques fois encore. Pour le voir, et à cause des photos à faire. J'ai attendu encore un peu et j'ai fait comme j'avais dit, je me suis levé pour partir.

Charles a pris une boule et s'est levé aussi.

« Choisis une tête.

— Pétain. »

Au terme d'une trajectoire parfaite, la boule est venue frapper le front avec un bruit mat. Il a fait clac ! le vieux salaud.

À l'instant même, j'ai su (mais en doutais-je encore ?) que je reviendrais très vite.

Les vieux Juifs de la maison de retraite qui ne se trouvaient pas dans leur chambre étaient dans le hall, assis sur des sièges alignés contre les murs.

Comme les enfants dans les préaux des écoles maternelles attendant à quatre heures et demie qu'on vienne les chercher, ils étaient assis l'un près de l'autre. Il y avait même une petite vieille dont les pieds touchaient à peine le sol et qui semblait prête à partir. Alors que c'est l'été, elle portait sur elle son manteau, et un sac à main était posé sur ses genoux. De temps en temps, mais très régulièrement, elle remuait les lèvres. J'ai supposé qu'elle dialoguait avec ses souvenirs. Ceux qui sont fixés une fois pour toutes. Elle accomplissait aussi toute une série de petits gestes : elle ouvrait son sac à main, plongeait sa main droite dedans sans cesser de marmonner, en sortait un trousseau de clés, le regardait en marquant un temps d'arrêt, puis le reposait au fond de son sac qu'elle refermait aussitôt. Et elle recommençait. Les mêmes gestes se répétaient exactement semblables. Le temps, son temps, paraissait rythmé par ces quelques gestes.

En passant près d'elle pour gagner la sortie, j'ai presque été saisi d'un tremblement : ce que la vieille petite Juive ne cessait d'articuler avec une parfaite régularité et que j'imaginais être l'histoire d'un long chemin, ce que j'ai entendu avec la plus grande précision, avec la plus absolue netteté, c'était seulement un mot, toujours le même et toujours deux fois répété et par lequel elle nous a si souvent salués : « Bonjour, bonjour. »

*

J'ai regardé hier soir sur FR 3 une emission consacrée aux enfants de déportés. Elle a été rediffusée à l'occasion du quarantième anniversaire de la rafle du Vel'd'Hiv. La première fois c'était en 1971. Je la regarde à nouveau sur mon magnétoscope, j'en recopie la fin :

« ... Nous avons entendu Bernadette, Liliane, Simone, Janine et Nadia, et peut-être à travers elles avons-nous entendu les autres. Ceux et celles que je ne suis pas allé voir ou qui ont refusé de venir. Ceux qui, comme on dit, ont eu plus de mal à en sortir et qui sont la majorité.

Et puis peut-être avons-nous aussi un peu entendu Marcel à qui cette émission est dédiée. « Il était arrivé à Andrésy en 1945 en même temps que les autres. Il avait six ans. Alors que ses camarades déjà s'installaient, lui se tenait à l'écart. Adossé à un arbre, il pleurait. Il était inconsolable. Il ne voulait pas rentrer dans cette maison trop grande pour lui. Cette maison qui ne lui rappelait en rien celle de sa première enfance.

« Il est des êtres auxquels on s'attache plus volontiers, Marcel était de ceux-là. Mais toute l'affection dont il était entouré ne l'avait pas empêché d'être seul. Un jour de novembre 1963 il alla se tuer dans le parc du manoir d'Andrésy. Il avait vingt-quatre ans.

« Je ne sais pas si on peut expliquer une mort et sans doute vaut-il mieux se taire. Pourtant, cette mort, depuis que je la connais, je ne peux plus l'oublier. C'est peut-être parce que Marcel n'est pas mort le 26 novembre 1963, mais que déjà, il avait été tué avec ses parents il y a un peu plus de vingt-cinq ans. »

*

Reçu ce matin au courrier une lettre de l'Amicale des Anciens des Foyers de la CCE, concernant la rencontre annuelle, il y a la date et le lieu de la rencontre. Et puis ceci :

Prix d'entrée : une photo de famille, surtout celle de vos enfants et de vos petits-enfants. Nous voudrions constituer un grand album, sous forme d'un tableau mural qui s'enrichirait au fur et à mesure de vos arrivées.

Pour l'Amicale des Anciens :
Annette P. — Émile J. — Paulette C. — René K. — Rosette T. — Rosette B. — Georges P. — Simon G. — Simone M.

Ce livre n'aurait probablement pas vu le jour si, entre 1947 et 1953, comme apprenti tout d'abord, puis comme mécanicien et enfin comme coupeur, je n'avais pas travaillé dans de nombreux ateliers.

Aussi mes remerciements vont en premier lieu à tous ceux, patrons et ouvriers, avec qui j'ai vécu tant de pleines et de mortes-saisons, en particulier à David Grynszpan, Jacques Goroch, Adolphe Knoplioch et Albert Mintz.

Mes remerciements vont également à mes amis Pierre Dumayet, Jean-Claude Grumberg, Paul Otchakovsky-Laurens, Georges Perec, Louba Pludermacher et André Schwarz-Bart qui, à titres divers, sont présents dans ces histoires.

PREMIÈRE PARTIE

Abramowicz   15
Première lettre de Raphaël   21
Deuxième lettre de Raphaël   24
Troisième lettre de Raphaël   27
Quatrième lettre de Raphaël   30
« Faire et défaire c'est toujours travailler »   34
« Bonjour-Bonjour »   42
Commémoration   51
Lettre de Georges   59
La vie me raconte une histoire   63
« Chut ! Chut ! Léon joue la comédie »   72
Simple question de bon sens   80
L'avenir de nos enfants   92
« Merci, monsieur le commissaire ! »   103
Präzisions-Uhren-Fabrik   114
Lettre de Georges   127
Problèmes d'écoliers   135
La durée du bonheur   152

« Paula, Paula »   166
« Quand un Juif reçoit une gifle,
   il se fait en plus un ennemi »   181
Un drôle de numéro   194

DEUXIÈME PARTIE

Extraits du journal de Raphaël (1981-1982)   211

Remerciements   251

RÉCITS D'ELLIS ISLAND, histoires d'errance et d'espoir, avec
Georges Perec, 1994, éditions P.O.L

Composition Traitext.
Impression Bussière Camedan Imprimeries
à Saint-Amand (Cher), le 13 août 1999.
Dépôt légal : août 1999.
1ᵉʳ dépôt légal dans la collection : mars 1995.
Numéro d'imprimeur : 993325/1.
ISBN 2-07-038907-3./Imprimé en France.

92687